KB005825

아,
시루섬

아, 시루섬

펴낸날 2023년 8월 10일

지은이 문상오
펴낸이 주계수 | **편집책임** 이슬기 | **꾸민이** 최송아

펴낸곳 밥북 | **출판등록** 제 2014-000085 호
주소 서울시 마포구 양화로7길 47 상훈빌딩 2층
전화 02-6925-0370 | **팩스** 02-6925-0380
홈페이지 www.bobbook.co.kr | **이메일** bobbook@hanmail.net

© 문상오, 2023.
ISBN 979-11-5858-945-5 (03810)

※ 이 책은 충청북도, 충북문화재단의 후원을 받아 예술창작활동지원사업의 일환
   으로 발간되었습니다.

아, 시루섬

문상오

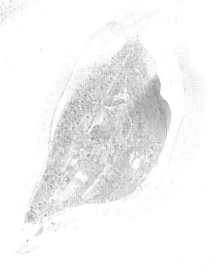

밥북
B·OO·K

제48회 한국소설문학상 수상작으로, '시루섬 수몰' 이야기다.

정확히 말하자면 1972년 8월 19일. 주민들에게는 '임자년 물난리'로 기억되는, 증도리(甑島里)란 한 마을이 전부 떠내려간 천지개벽의 재난에 맞서, 불굴의 용기와 희생정신으로 이를 이겨낸, 평범한 이웃들의 가슴 뭉클한 이야기다.

신에게서 물려받은 축복 중 하나가 망각이라고 한다. 새들은 허공에 발자취를 남기지 않고 물고기는 수면에 제 얼굴을 비추지 않는다. 인간만이 행로를 복기하고 동여맨 상처를 풀어 본다. 그러다 시나브로 잊고 만다.

그렇다고는 해도, 망각이 축복이고 아픈 상처는 덮어두어야 한다고는 해도 잊어서는 안 될, 아니 도저히 잊을 수 없는 것들이 있다. 망각의 수레바퀴가 굴러가는 사이, 고사목에 푸른 이끼가 피어나듯 바퀴살 어느 틈엔가 그 행적이 묻어나기 마련이기 때문이다.

이 작품은 소설이다.

소설의 작법에는 '가공된 이야기'를 사실적으로 표현하는 방법과, '실재한 사건'을 허구적으로 묘사하는 방법이 있다. 이 둘은 서로 떨어져 병립하는 것이 아니라 혼재한다. 굳이 소설 작법까지 불러낸 이유는, 이 작품의 특성, 즉 역사적 사실에 기초하고 있어 다큐멘터리에 가깝기 때문이다.

다음으로, 이 작품 속에 등장하는 인물들은 대부분 실존 인물이다. 실명을 쓸까도 생각했지만, 아무리 좋은 일이라도 거명되는 것을 탐탁잖게 여기는 분도 계신다. 그래서 가명을 썼다. 가명이라곤 하지만 시루섬 주민이라면 대번에 짐작할 정도로, 변성하거나 개명하는 데 그쳤다.

늙은 나무의 옹이를 본다. 아버지의 발바닥에 박힌 굳은살이다. 바늘로 찔러도 아프지 않은 게 어디 바늘이 무뎌서일까. 모진 풍파 앞에서도 의연했던 건 아버지와 늙은 나무뿐만은 아닐 것이다.

듣기만 해도 눈물이 날 것 같아 차마 부르지도 못했던 시루섬!

희미하게 사라져가는 50년 전의 전설 같은 역사를, 새삼 물속에서 건져 올려놓는다. 부디 이 이야기가 시루섬 주민들에게는 치유와 위로를, 독자들께는 큰 깨우침을 주어, 더는 가슴 아픈 역사가 점철되지 않기를 바란다.

2023년 여름

문상오

차 례

프롤로그 - 떠오르는 섬

"여보! 뭐해요? 어서 나오잖구."

아내의 성화가 아니라도 서둘러야 할 길이었다. 그냥 길이 아니라 고향 가는 길. 얼마 만에 나서는 길인가.

이몽구 노인은 턱을 주억거리며 넥타이 매듭을 묶는다. 가슴이 뛰고, 그 뛰는 가슴에서 맺히는 고동이 손끝에까지 전해온다. 알록달록 고운 물색이, 떨리는 손끝에서 나비로 날아오른다. 넥타이 매듭이 꼭 봄꽃 화려했던 고향 같다.

시루섬.

까마득한 세월.

지나간 세월만으로도 가물가물한 기억인데 그 실낱같은 기억마저도 물속에 잠기고 만 고향.

봄이면 천렵 바위에서 여름엔 샛강에서, 가을 백사장은 얼마나 아름다웠고 눈 내리던 소나무 숲은 또 얼마나 포근했던가. 물길 고요한 가운데 정겹던 사람들이 오순도순 살아가던 곳. 아지랑이 피는 봄이 오면 가 봐야지. 아카시아꽃 저리도 고운데… 성황당

억새꽃 지기 전엔 꼭 가봐야지. 동짓달 긴 밤을 뜬눈으로 새우곤 어쩌다 가본 고향.

그러나 고향이 어디 있었으랴! 꽁꽁 언 얼음장 밑에 갇혀있는 신작로며 나루터, 쏘가리바위가 있던 빨래터까지. 어쩌다 건져 올린 아슴한 추억마저 돌아올 땐 물속에 그러묻고 와야 했던 내 고향 증도리.

그 아득하던 고향을 건져 올렸다니!

물속에 수장된 지 오십여 년 만에.

빔프로젝터가 열리자 저도 모르게 아! 하는 탄성이 나왔다.

"증도리 주민 여러분! 그리고 내외 귀빈 여러분! 오늘, 모형으로나마 그간 잊고 있었던 시루섬의 옛 모습을 복원하게 된 것을 뜻 깊게 생각합니다. 어려운 여건 속에서도 자료수집과 모형제작에 일일이 도움을 주신 이몽구 전 이장님을 비롯한 원주민 여러분께 각별한 감사의 말씀을 올리는 바입니다."

맨 앞줄에 앉아있던 이몽구 노인이 일어나 좌중에 고개를 숙였다. 곁에 있던 그의 아내 조옥녀도 감격에 겨운 얼굴로 감사를 표했다.

어디 그들뿐이랴.

'시루섬 복원 기념관 개관식'에 참석한 증도리 주민이라면 누구랄 것도 없이 한결같았다.

모형이긴 해도, 밀랍으로 조형된 삐딱한 집들이긴 해도, 심장의 고동처럼 선연한 내 집이요 우리 집 아닌가.

모두가 벅찬 감격에 빠져 있을 때, 눈을 감아야 떠오르던 시루섬이 그들 앞에 펼쳐졌다. 족대에서 갓 건져 올린 고기 비늘처럼 싱그러웠다.

"잘 아시다시피 시루섬은 행정구역명은 증도리로 단양읍에 속해 있었습니다.

약 5㎞의 둘레에 면적은 23헥타르 정도, 7만2천 평쯤 되는 작은 마을로, 1972년 수해 당시의 인구는 37가구에 242명 정도가 거주하고 있었던 것으로 추정됩니다.

본강 즉 남한강과 우기에 범람하던 샛강에 둘러싸인, 섬이면서도 섬이 아닌 지리적 특수성을 띠고 있었습니다.

증도리 원주민들의 고증을 거쳐 제작된 본 모형에는, 북쪽 그러니까 상진리 쪽으로 아카시아 숲과 뽕나무밭을 경계로 남북을 가로지르는 큰길이 있고, 본강 가의 빨래터에서 샛강 쪽의 성황당이 있던 미루나무 숲으로 연결된 동서 횡단 도로가 있었습니다.

아랫말을 아랫송정, 웃말을 윗송정이라 불렀음은 잘 아실 테고 마을 한가운데 가장 높은 곳, 여기 보이는 이것이…, 미증유 개벽 이래 처음 겪었던 72년도 수해 당시 주민을 살려낸 바로 그 물탱크로, 규모는 6m 높이에 지름 5m의 원형 콘크리트 구조물이 되겠습니다.

모형이긴 합니다만 워낙 역사적으로 중요한 시설물이다 보니 실제 모습에 가깝도록 밑바닥의 사각 보조 탱크는 물론, 거기에 걸쳐놓았던 사다리까지, 당시의 사진을 참고로 설치했습니다.

아무튼, 섬 전체가 홍수에 떠내려간, 그 절체절명의 위기에 맞서 남녀노소 대동단결의 힘으로 난국을 극복하신 여러분께, 때늦은 감사와 존경의 말씀을 전해 올립니다.

시루섬 주민 여러분이야말로 개벽에 맞선 영웅이며 후대의 나침반으로, 우리 단양군의 역사, 아니 대한민국을 넘어 인류 역사에 영원히 지워지지 않을 전설로 기억될 것입니다."

시루섬이 나오고 물탱크란 말이 나오자 장내가 숙연해졌다.

떠올리기조차 두려운, 그러나 어느 한때도 잊어본 적 없는 저 악몽 같았던 밤.

이몽구 노인은 저도 모르게 눈을 감았다.

어찌 잊을 것인가. 또 어찌 잊어야 한단 말인가!

1부

울타리 없는 이웃들

시루섬.

사람들은 시루떡의 고물처럼 찰지고 순박했다.

말이 섬이지 본강에서 가지를 친 샛강은 장마 때나 물이 들 뿐으로, 동쪽의 심곡리나 아랫동네 현천리와는 자갈길로 닿아 있었다.

옥양목 펄럭이는 백사장을 건너면 동그스름한 옥구슬 같은 자갈밭이 오지게도 고왔다. 띄엄띄엄 눈에 띄는 버들가지와 억새, 그 틈새로 희뜩거리는 양말 쪼가리나 옷가지 등속이 걸려있어, 어느 한때 물길이었음을 알려줄 뿐, 길은 열려있었다.

그래도 섬은 섬이었던지, 늘 그렇게 열려있는 길인데도 외지에서 오는 사람은 뜸했다. 길은 동네 사람들이 차지했다.

땅이란 땅은 죄다 모래밭이어서 키워낼 작목이란 뻔했다.

땅콩과 뽕나무.

하기도 쉽고 크기도 잘했다.

땅콩이란 녀석은 씨 넣을 때나 수고를 끼칠까, 거둠질할 땐 쑥 잡아당겨 훌훌 털면 끝이어서 품이랄 것도 없었다.

뽕나무 역시 뿌리에 날개라도 돋쳤던지 심어놓고 돌아서 보면 푸른 바다에 너울처럼 무성했다.

하기야, 말이 그렇단 말이지. 그래도 어디 농사란 것이 쉬운 것 하나 있던가.

설설 끓는 가뭄은 어찌했을 거며, 한해에도 몇 번씩 속을 뒤집어놓고 가는 물난리는 또 어찌 견뎠을까.

거기에다 일이 쉬운 만큼 돈벌이 역시 신통치 않을 건 뻔했다. 땅콩과 잠업만으로는 먹고 살기가 어려웠다.

고구마 하나 구워놓으면 대여섯이 삥 둘러싸기 예사인 자식들 건사는 접어놓고라도, 먼산바라기로 때만 찾는 노부모 공양에, '없는 집 제사' 돌아오듯 촘촘한 집안 대소사는 또 무엇으로 충당한단 말인가.

이래저래 녹록지 않은 살림살이였다.

목돈을 챙겨야 하는데….

고심 끝에 내린 결론이 담배였다.

막상 담배 농사를 지으려 하니 시루섬에선 불가능했다. 토질도 토질이었지만 누에가 제일 싫어하는 게 담배였다. 그렇다고 담배 농사하자고 잠업을 포기할 수도 없는 노릇이었다. 하는 수 없이, 현천이나 심곡 같은 인근 마을에다 담배밭을 장만해야 했다.

꽤 먼 거리였다.

거리도 거리였지만 모래밭에 빠지고 자갈길에 틀어지고, 겨우겨우 다 왔나 싶으면 비포장 너덜길에 다리가 저렸다.

집집마다 지게는 없어도 리어카나 우마차는 있게 된 연유였다.

시루섬의 길은 그렇게 밖으로 나 있었고, 그 안에 든 사람들은 조약돌처럼 야무지게 살았다.

어쩌자고 비는 그렇게 쏟아지던지.

사흘 내리 비였다.

하늘 한가운데가 떨어져 나가기라도 했는지 '쏟아붓다 퍼붓다'를 반복했다.

빗줄기 굵기도 여간 아니어서 마치 놋날이나 대살이 내리꽂히는 듯했다.

삽시간에 본강은 검붉은 황토물로 넘쳤다.

본강이 넘치자 샛강에도 물이 흘렀다.

여느 장마 때 같았으면 짤짤 거리며 불어나던 샛강 물이, 이번엔 용트림하듯 도도했다.

이몽구가 고개를 빼 들고는 북쪽 상진리를 쳐다봤다.

아까시나무들이 허리쯤에 묻혀선 허우적거렸다. 물이 저렇게 늘고 있으니 걱정되는 게 한둘이 아니었다. 아카시아 숲이 견뎌내야 할 텐데, 생계가 딸린 뽕나무밭도 그렇고….

잠업센터가 뿌옇게 다가왔다. 스무 명이 넘는 연수생 아가씨들은 어떻게 지내고 있는지. 한 번 가봐야지 하면서도 생각처럼 쉽지 않았다. 머뭇거리는 발걸음을 공동묘지 탓으로 돌리자니 왠지 미안했다.

어린 나이에 섬 아닌 섬에 갇혀있어야 하는 신세였다.

더구나 처녀들 아닌가.

이렇게 비까지 내리고 보면 집에 두고 온 가족들 생각이 오죽 간절할 것인가.

이래저래 심란한 속을 처마 끝에 매달아 두자니 그마저 낙숫물에 배겨나질 못했다.

"여보! 복실이네 집에나 가봅시다. 담배 조리 할라믄 손포도 딸릴 텐데…."

남편의 속을 알아채기라도 한 듯 그의 아내가 옷자락을 당겼다.

복실이네라면 앞집 김성식을 가리키는 말이었다. 그 집 맏이가 여식이었는데 집에서 키우는 누렁이처럼 잘 크라는 뜻으로 '복실'이라고 불렀다. 그러니까 김성식의 큰딸 '복실'이가 태어날 땐, 그 집 마당엔 그 애보다 서너 살 많은 누렁이 '복실'이가 집을 지키고 있었다. 물론 누렁이 '복실'이는 지금 그 집에 없다. 행적은 물론, 그 후 몇 마리의 강아지가 더, 그 개집을 지키고 있지만 '복실'이란 이름으로 불린 적도 없었다.

다들 울타리 없이 지내는 사람들이었다. 대문이라고 있어 봐야 그저 시늉뿐으로, 헛기침에도 열리고 소가 꼬리만 툭 쳐도 닫혔다.

어제, 억수 같은 비를 맞고 따온 담뱃잎이었다. 전날 매단 담뱃잎도 있고 보면 늦어도 저녁나절엔 고동에 불을 넣어야 했다.

어느 집 하나 임의롭지 않은 집이 있을까마는 그래도 앞뒷집이었다.

아이들이 친하니 어른들도 친해지는 건지, 어른들이 가깝게 지내다 보니 아이들도 붙어 다니는 건지, 암튼 복실이네와 혜선네는 친형제, 한집 살림이라 해도 좋을 만큼 가까웠다.

빗길을 뚫고 온 이몽구 내외를 보자 누구보다 반가운 김성식 아내였다. 품이 모자라기도 했지만, 입이 싱거웠다. 남편이라고 있어 봤자 오전 내내 꿀 먹은 벙어리였으니.

말벗이 왔다. 은근히 기다리던 터였다. 그녀가 꿰던 담뱃잎을 탈탈 털어내고는 말벗의 손을 꼭 쥐었다.

"아이구야, 어서 와! 얼마나 기다렸다고."

"올까 말까 하다 아무래도 안 되겠어. 오늘 쪄내지 못함 그냥 버려야 할 텐데 모르면 모를까 알면서야 안 올 수 있어야지. 쟈 아부지 등쌀에 배겨낼 장사는."

"고마워유. 혜선 아부지, 아니 이장님!"

여자들의 공치사야 늘 있는 소리였다. 뻔한 소린 줄 알면서도 싫지 않은 이몽구였다. 그가 김성식을 향했다.

"하! 뭔 날이 이 모냥인지. 이러구서야 이거 땅콩 한 쪼가리나 건지 겄어유. 날두 어지간해야 말이지. 성님네 담배밭은 좀 어떠유?"

말을 건네받은 김성식 역시 속이 답답하긴 마찬가지였다.

"말함 뭣혀. 담배 농사야 내년도 있고 후년도 있겄지만 동네가 걱정이여. 물이나 들지 말아야 할 텐디. 샛강도 범했으니 동네 물 들어오기로 한다면야 꼼짝없는 신세 아니것어. 하늘로 치빼는 재주나 있음 모를까, 어디 도망갈 길이 있는 것두 아니고."

이장 같이 말하는 김성식의 말에, 이장 이몽구가 고개를 끄덕였다.

"누가 아니래유. 여거 비야 사흘이지만 저게 강원도, 정선 평창 영월, 비란 비는 모조리 여게로 덮쳐오고 있으니… 걱정은 걱정인 게, 그 흔하던 뗏목은 안 보이구, 떠내려오는 거라군 죄다 집채뿐이니…."

남정네들이 동네를 걱정하는 사이, 여자들은 집안일이 더 걱정이었다.

"그래두 이 집은 탄탄하네. 비 새는 데가 없어."

"웬걸! 밖에서 새면 땜빵이라도 해보지. 안에 들어가 봐. 구들장이 아니라 물침대여. 애들은, 연못가에서 뻐끔거리는 붕어 새끼도 걔들보다는 들 먹을 겨. 정말이지, 혜선 엄마? 이 비를 다 어떻게 해?"

"복실이 엄마두, 걱정은. 요즘 같은 세상에 비 쫌 온다고 어떻게 되기야 할까. 증이나 뭣하면 뭐, 비행기라도 타고 나가겠지. 나라가 있는데 설마 죽으라고 두기야 하겠어."

두 내외가 난데없는 폭우 걱정으로 시름하고 있는데 밖이 어수선했다.

한패의 젊은이들이 보였다. 이웃해 있는 친구 박문호와 그 동생 승호, 친척 동생인 이태윤, 이재윤, 김춘배 등이 찾아온 것이다.

사흘째 퍼붓는 장맛비에 꼼짝없이 묶여있던 그들이었다. 젊은 혈기에 더는 못 참겠던지, 족대와 다래끼를 울러 멘 게 거래질 채비였다. 고기잡이할 기분은 아니었으나 찾아온 친구들을 외면할 수도 없었다.

이몽구가 이러지도 저러지도 못하고 머뭇거리자 형뻘 되는 김성식이 등을 밀었다.

"가봐. 물이 얼마나 늘었는지도 보고. 여차하면 성종에라도 피난 가야 할 거 아녀."

심상치가 않았다.

30여 년을 넘게 살아왔지만 이런 물은 처음이었다.

검붉게 솟구치는 흙탕물이 거꾸로 뒤집혀 밀려왔다. 물은 아래로 흘러야 한다. 그런데 지금 이 물줄기는 거꾸로 뒤집혀 말려 올라가고 있지 않은가.

'우웅! 우르 쾅!'

강줄기 밑바닥이 용트림을 쳐댔다.

산이 울리고 땅이 흔들렸다. 거대한 물줄기가 거꾸로 치솟으며 자맥질했다. 이무기가 아가리를 벌리고는 승천하지 못한 한을 흙탕물로 토해내고 있었다. 무당이 칼춤을 추듯, 성난 황소가 백정의 칼날을 들이받듯 강물은 그렇게 미쳐 날뛰었다.

"돌아가세. 물고기는커녕 사람부텀 잡겠네."

누가 먼저랄 것도 없었다. 족대를 펼쳐 들고 물살을 살피던 박문호가 발을 빼자 다들 강둑 위로 올라섰다.

아닌 게 아니라, 저런 물살에 휩쓸렸다간 지푸라기 신세일 게 뻔했다.

그냥 돌아가자니 왠지 허전했다.

넘실거리는 너울 너머로, 꼭 그렇게 너울거리는 푸른 물결이 눈에 들어왔다.

뽕밭이었다.

그 너머로 상진대교가 보였다. 나무 교각 위에 상판을 철판으로 깐 목교였다.

남한강을 가로지르다 보니 다릿발만 해도 18개나 되었다. 날씨 좋은 날에도 삐거덕거리던 다리였는데 비안개에 걸렸나? 눈에 빗물이 고였나? 구부정하게 휘어진 게 일렁거릴 때마다 영 불안해 보였다.

일행의 눈길이 뽕밭과 상진대교를 오갈 때, 이몽구의 눈길은 그 중간쯤에 맺혔다.

담배밭이었다.

뭔 눔의 담배가 올해 따라 실하더라니!

지금 당장에라도 그치면 모를까, 손 한번 못 쓰고 버릴 판이었다. 그러나 쉬 그칠 비가 아니었다. 멀겋게 넋을 놓고 있는 이몽구 곁으로 이재윤이 다가왔다.

그런 이몽구의 심사를 어찌 모를까. 곁에 있던 박명호와 이태윤이 부추겼다.

"성? 밭에나 가보지 뭐. 어차피 나선 길인데."

"그려. 어차피 쫄딱 맞았는데 더 맞는다고 이마에 싹 날 것두 아니고. 자네네 담배나 뜯으러 가자고. 다른 사람이면 몰라도 명색이 이장인디 다 된 농사 폐농해서야 쓰겠나."

퍼붓는 비에 좀 미안하긴 했지만 고맙기도 했다.

못 이기는 채 자신의 담배밭으로 그들 뒤를 따르자니 어쩐지 뒤끝이 켕겼다.

눈을 들고 보니 뒤끝이 아니라 앞길이 캄캄했다.

자갈밭으로 난 샛강 길이 어느새 붉은 흙탕물로 넘쳐났다.

샛강에 물드는 일은 흔했다. 장마만 지면 잠방이 걷어붙이고 다니던 길이었다. 이번에도 그러려니 했는데 건너가긴 틀려먹었다.

강가에 살다 보니 물에는 빠삭했다.

구두여울 물살은 어떻고 두멍소 깊이는 얼마고, 모래판에선 축 늘어졌던 팔다리도 물속에만 들어서면 푸성귀 살아나듯 팔팔해졌다. 헤엄을 친다면야 못 할 일도 아니었다.

그런데 이번엔 겁이 났다.

뒤끝이 켕겼다. 두려웠다.

물에 겁을 먹다니!

난생처음 겪어보는 일이었다. 다들 그런 눈치였다.

빈 족대에 빈 다래끼.

그런데도 그 빈 족대가 한없이 늘어졌고 빈 다래끼를 울러 멘 어깨가 또 한없이 처졌다.

시루섬 사람들은 다른 동네보다 담배 농사를 많이 했다.

한 집 건너 우뚝한 건물이 보인다 싶으면 영락없이 담배 건조실이었다.

춘, 추잠 누에고치를 내고 나면 별 할 일이 없었다. 물론

치기로 말하면 하잠도 있고 만추잠에 만만추잠도 있긴 했지만, 그렇게 많은 누에를 칠 만큼 뽕잎이 넉넉하질 못했다.

목돈은 필요하고 할 일은 없고, 생각해 낸 것이 담배였다.

시루섬은 모래땅이었으니, 검은내나 깊은골 같은 옆 동네에 있는 밭을 빌렸다. 담뱃잎을 따다 보면 늘 장마철에 걸렸다.

그래도 다행인 것은, 끈적끈적한 담뱃잎을 따기엔 맑은 날보다 비 오는 날이 더 좋다는 점이었다. 옷이 좀 젖긴 해도, 힘도 덜 들고 훅훅 찌는 더위도 피할 수 있었다. 가랑비나 이슬비쯤은 은근히 기다려지기까지 했다.

여느 집처럼 김연수 역시 담배 손질에 여념 없었다. 담뱃잎을 리어카나 달구지에 실어 오면 새끼줄에 엮어 건조실에 매달아야 했다. '담배조리'라고 하는데 그 길이가 웬만한 장정 키보다 더 길었다.

한시라도 빨리 말리자면 한 뼘이라도 더 높게 매달아야 했다. 건조실 꼭대기까지 닿은 사다리가 가물가물했다. 그러잖아도 어질거리는 판에 신발까지 미끄러웠다. 빗물인지 땀방울인지, 옷은 젖을 대로 젖어 후줄근했다.

"휴우! 됐네 됐어. 고상혔구먼. 허!"

마지막 남은 담뱃줄을 매달고 내려오는 김연수를 바라보며 사다리를 잡고 있던 이장하가 안도의 한숨을 내쉬었다.

"나야 내 집 일이니 어련할까. 자네야말루 고마우이. 매번 불 넣을 때마다 들러줘서."

김연수가 이장하의 손을 잡았다.

둘은 같은 또래로 막역했다.

그네 두 집 사이론, 큰길 하나와 곁가지로 뻗은 골목이 있었다. 그러나 그 길은 그저 길일뿐으로, 이러쿵저러쿵 쪼개진 길이 아니라 담뱃잎 엮이듯 하나로 이어진 길이었다.

이장하가 막걸리병을 들자 늘 그랬다는 듯, 김연수가 술잔을 올렸다.

부뚜막엔 제상이 마련되어 있었다. 제상이라고 해봐야 개다리소반이었지만. 호박전에 얼갈이배추로 심을 넣은 부침개며, 말간 간장 종지엔 깨알도 몇 점 떠 있고. 명태포 한 마리 없는 제상이긴 해도 조촐하나마 구색은 갖춘 셈이었다.

"자자, 어여 한잔 올리고. 학문이 없으면 모를까, 고사엔 그래도 축문은 내야지."

이장하가 술을 따르자 집주인 김연수가 잔을 올렸다. 고봉으로 찰랑거리는 술이 보기에도 흔전했다. 삼배로 정성을 다한 김연수가 뭐라 중얼거렸다. '가내 두루 태평'이란 말과 '금쪽같은 때깔'이란 말이 간간이 들렸다.

퇴주잔을 내려는데 어디에서 나타났던지 김연수의 삼촌 되는 사람이 뻘쭘하니 얼굴을 내밀었다. 퇴주잔을 받아든 이장하가 마른침을 꿀꺽 삼키며 마지못해 그쪽으로 잔을 돌렸다. 찰랑거리는 술을 한입에 털어 넣은 그가, 좀 겸연쩍긴 했던지 안주 삼아 덕담을 냈다.

"허! 아랫말 가근방에선 우리 조카님 따라갈 사람 읎을 거구먼. 허! 고놈들 때깔 한번 기깔나다. 꾀꼬리 날개에 금분을 칠한들 저리 고울까. 쩌내고 자시고 할 것도 읎이, 상지상! 암, 최고지 최고여. 안 그려, 이 선상?"

벌겋게 달아오른 장작더미 위에 시커먼 무연탄이 자작자작 타올랐다.

늙은 삼촌의 달달한 덕담에도, 친구 이장하의 끈끈한 우정에도 벌건 아궁이를 지켜보는 김연수의 마음은 편치가 못했다. 언제부터였는지 눈길은 자꾸 나루터 쪽을 향했다.

아랫말 반장이었다.

반장이란 소임을 떠나 시루섬 사람이라면 공통된 걱정이 물 걱정이었다. 가뭄이 들어도 물, 장마가 들어도 물부터 찾았다. 과유불급이라 했던가.

철철 넘치는 물난리보다는 가뭄 나기가 만만했다. 우물물이 마르는 때는 있어도 강물이 마르는 법은 없었다. 가뭄이 들어 우물이 마르면 강물을 먹으면 되었다.

그러나 물난리는 비교부터가 되지 않았다.

시루섬 자체가 그러했으니. 산이 있는 것도 아니요, 모래밭에 성채가 있을 것도 아니었다. 실어 나를 짐배라고는 있지만, 정원 열댓 명이 탈 수 있는 자그마한 철선 한 척이 고작이었다.

섬에서 물을 피해 도망갈 곳이란 하늘 아래엔 어디에도 없는 셈이었다.

이장하를 돌려보낸 김연수가 바지춤을 탈탈 털고는, '온다 간다' 말없이 집을 나섰다.

늘 그랬지만 반장이란 소임을 맡고부터는 더했다. 틈만 나면 백사장 시찰이요 도선 점검이었다. 가족의 안녕보다도 마을 배의 안위를 더 걱정했다.

있으나 마나 한 제방이었다.

이런 물난리에 믿을 건, 배밖엔 없었다. 동네 주민 전부는 아니라도 급한 목숨 몇은 구할 수 있을 것이다. 다행히 철선이고, 노를 저어야 가는 무동력선이라 쉬 고장 나거나 망가지지도 않았다.

보다 못한 그의 아내 권복녀가 성화를 낸 건 엊저녁이었다.

어지간해선 군말 없이 지내던 그녀였다.

올망졸망 애들이 다섯이었다. 끼니때만 되면 치맛자락을 붙잡고 늘어졌다. 애들이야 잡고 늘어질 치맛자락이라도 있지만,

어미 되는 자신으로선 남편밖에 없었다. 그런데도 남편이란 화상은 나루터 강가 쪽으로만 돌고 있었으니.

"당신은 우째 이 난리 통에, 쪄다 논 담배는 어쩔 거고. 줄줄이 매달린 애들 밥그릇에 뭐가 들어가는지 알기나 하슈? 그놈의 배, 쇠꼬챙이로 배 바닥에 구멍을 내던지."

장독대에 두꺼비 기어들 듯 어슬렁어슬렁 들어오는 남편을 보자, 기어이 참았던 울화가 개삼 터지듯 터진 거였다.

대꾸할 말이 있을 게 아니었다. 후줄근한 꼴로 청승스럽게 서 있는 남편을 보자 더는 꼴도 보기 싫다는 듯, 앙가슴을 치며 휑하니 부엌으로 들어갔다.

답변을 낼 위인이 못 되었다. 그만한 변통이 있었으면 식구들 건사는 그렇다 쳐도 마을 배를 고스란히 떠맡지도 않았을 거였다. 동네 사람들 말로야, '사람 좋네, 근실하네' 하지만 다들 책임지기 싫으니 하는 공치사요 치렛말일 거였다.

그러거나 말거나 지금도 김연수의 발걸음은 저도 모르게 나루터 쪽으로 향하고 있었다.

윗물이 넘친 다음에야 아랫물이 드는 법이었다. 웃말이 조용한 걸로 보아 크게 걱정할 일은 아닌 듯했다.

그래도 배는 안전한 곳으로 옮겨놔야 마음이 놓일 것 같았다.

내려가면서 몇 집 들를 참이었다. 김영배는 칠십이 넘은 노인

이어서 어렵겠지만 김중환, 수환 두 형제는 배를 옮기는데 한몫해 줄 것이다.

비는 끝도 없이 퍼부었다. '가뭄 끝은 있어도 장마 끝은 없다'라는 옛말을 떠올리며 하염없이 걸었다.

물길로 변한 신작로엔 송사리 떼가 몰려다니고 있었다.

2부

거래질

"세창아, 족대 어딨냐? 양동이는 어딨고?"

한패의 젊은이들이 오세창네 집에 모였다.

숨 돌릴 틈 없이 퍼붓던 빗줄기는 조금 가늘어져 있었다. 영춘 캠핑 갔다 어제 돌아온 친구들이었다.

김지홍을 비롯해 이상수 김경민 등이, 샛강 근처에 사는 오세창과 함께 물고기를 잡을 셈이었다.

아랫말 사는 오원탁을 포함해 이들 다섯은 늘 붙어 다녔다.

며칠 전이었다.

집에만 있자니 온 삭신이 근질거렸다. 방학 동안 풀어오라는 과제물이 있긴 했지만 공부하고는 거리가 먼 위인들이었다.

어른들이라고 모를 리 없었다. 저놈들이 하라는 공부는 안 하고 뭔 짓거리를 하며 돌아다니는지. 그래서 부려 먹기를 황소만큼이나 했다.

틈만 나면 소꼴 베 와라. 틈만 나면 물 질러와라. 틈만 나면 건조실 연탄 넣어라. 외양간에 여물은 어떻더냐. 어린 동생 불장난까지도 그 틈에다 끼워 넣었으니.

이래저래 쉴 틈이라곤 조금도 없는 그들이었다. 십여 리가 넘는 학교 다닐 때도 멀쩡했던 신발 뒤축이, 방학만 되면 다 닳아 헐렁해졌다. 틈을 만들자면 요놈의 손바닥만 한 시루섬을 떠나는 일인데….

공부머리는 안 돌아갈지 몰라도 잔머리 굴리는 데는 선수들이었다. 머리를 맞대고 공모한 결과, 캠핑을 가기로 했다. 이상수가 군용텐트를 내고 나머지 넷이, 쌀이며 버너 등 필요한 물목을 짊어졌다. 집안 어른들께는 '자세한 설명은 갔다 와서 드리기'로 하고 줄행랑치듯 내뺀 거였다.

장마철에 접어들긴 했지만, 큰비가 올 것 같진 않았다. 강변에 자갈처럼 이리저리 굴러다니다 비를 만난 건 사흘 전이었다.

온달동굴 앞 강가에서 텐트를 치고 야영하고 있는데 비가 왔다. 철퍼덕거리는 물살이 조금은 불안했지만 견딜만했다. 아침에 일어나 보니 물이 발목에 닿았다. 누가 먼저랄 것도 없이 짐을 꾸렸다.

상진대교만 건너면 시루섬이었다. 빤히 보이는 집을 두고 누군가, "야들아! 일찍 들어가 봐야 꼰대들 잔소리밖에 더 듣겠냐. 하룻밤 더 묵고 낼 들어가자"라면서 짐을 부리는 게 아닌가.

가맣게 쏟아지던 빗줄기도 신기하게 가늘어졌다.

이심전심이라고, 앞서던 녀석이 짐을 부리자 나머지도 자연스레 주저앉았다. 그러나 거기까지였다. 군용텐트 폴대를 빼 들려는데 폴대만큼이나 굵은 빗줄기가 퍼붓기 시작했다. 다행히 물이 크게 늘지는 않아 시루섬 들어가는 데는 배를 타지 않아도 되었다.

잠방이를 털어내며, 샛강을 건너던 오원탁이 손뼉을 쳤다.

"야아! 이거 물 반, 고기 반이다. 해단식은 낼, 이거 매운탕으루 하자."

아닌 게 아니라 발끝에 차이는 게 물고기였다. 바글바글했다. 본강의 그 많은 물고기가 죽기 살기로 몰려들었으니, 그러잖아도 좁아터진 샛강이 어장이나 마찬가지였다.

그렇게 돌아온 게 어제였다.

'무단가출'이란 죄목으로 '꼰대'들에게 한소리씩 들었을 게 뻔하건만, 그런 내색은 누구에게도 찾아볼 수 없었다. 비가 좋아서 그런지 다들 싱글벙글, 뽕잎처럼 들떴다.

오세창이 기다렸다는 듯 족대를 내왔다.

물탕을 튀기며 벙글거리던 이상수가 헛간으로 뛰었다.

이 집에 뭐가 있는지는 집주인보다도 더 잘 알았다.

만만한 게 뭐라고 내기에서 졌다 하면, 서리는 이 집이었다. 작게는 무서리에서부터 크게는 닭서리까지. 손가락으로 꼽아도 열 손가락 안에들 숫자였다. 한두 마리만 축나도 금방 표가 났다. 닭장이고 토끼장이고 가축 관리는 오세창의 아버지 오동국의 몫이었다. 그 많은 닭이며 토끼가 없어져도 일언반구 한마디 없이, 그저 허허 웃고 넘겼다. 이거 이러다간 씨암탉까지 남아있질 않게 생겼던지, 참다못한 그의 어머니가 나선 적이 있었다.

"달기야 날개 달린 짐승이라 허공 어데로 갔겠지 혀두, 날개두 없는 토깽이는 대체 어데루 간데유? 좋아유! 토깽이란 것이 워낙 영악해서, 굴이 시 개라 암두 모르게 도망갔다 처유. 고방에 놔둔 무시랑 고구마는? 짓상에 올릴 곶감 말랭이까정 어찌 그리 홀랑 읎어진데유!"

"읎어지긴, 다 여기 우리 집 어디 있겠지. 달기고 토깽이고, 때 되믄 다 나타날 겨. 안 그러냐 세창아?"

그 아비에 그 자식이었다.

오세창이 속으론 찔끔하면서도 아무렇지도 않게 받아넘겼다.

"그람유. 아부지 말씸처럼 때 되믄 다 생겨날 거구먼유. 저게 토깽이 봐유. 배가 빵빵하니 열 마리도 더 낳겠어유."

"그려, 시상 이치가 다 그런 겨. 마당 밖으로 튀는 콩알 먼 수로 잡아들이고, 담 넘어오는 소쩍새 소릴 먼 재주로 막는댜."

그래도 양심은 있던지 서리를 할 땐 용케도 수놈만 골라냈다.

이상수가 양동이를 들고 오세창이 족대를 울러 멨다.

그들이 늘 가는 곳은 서낭당 근처 미루나무 숲 쪽이었다. 버드나무 빡빡한 틈새로 수초가 많아 물만 들었다 하면 고기들이 바글바글했다.

넘치는 흙탕물이 여느 장마 같지 않았다. 큰물이 들 때도 재잘거리던 물줄기였는데 이번엔 성난 황소 뜸베질 하듯 식식거렸다. 다들 물가에서 주뼛거리자 이상수가, 이 정도를 갖고 뭘 그러냐는 듯, 첨벙첨벙 물에 들었다.

족대가 물에 닿기도 전에 그물 안이 출렁했다. 많이도 잡혔다. 족대만 들이댔다 하면 한 사발씩 딸려 올라왔다. 허탕 치는 법이 없었다.

버들치나 납자루 같은 것들은 워낙 흔하다 보니 물고기 축에도 못 끼었다. 미꾸라지나 모래무지 퉁가리 같은, 좀 작지만, 매운탕에 꼭 들어가야 하는 것과 쏘가리나 메기 가물치 뱀장어까지, 반 시간도 안 되어 양동이 안은 물고기들로 미어터졌다.

간당거리던 빗줄기가 밤알처럼 굵어졌다. 얼굴이 얼얼할 정도였다. 그래도 누구 하나 선뜻 자릴 뜨질 못했다. 고기 잡는 맛에 다른 건 신경 쓸 여지도 없었다. 양동이가 꽉 찼다. 밤알처럼 굵은 빗줄기가 오히려 시원했다.

오세창이 얼굴에 흐르는 빗물을 쓱 훑으며 양동이를 툭툭 쳤다.

"야아! 무지 많다. 이거 배만 따제도 죙일 걸리겠다."

"그러게. 이렇게 많이 잡아보긴 첨이다. 매운탕은 양은 냄비에 자글자글해야 맛인디, 이거 많아두 너무 많다."

물 위로 올라온 이상수가 양동이를 보며 푸짐하게 웃었다.

강가로 나선 사람들은 그들뿐 아니었다.

내려다보이는 나루터 쪽에선 오 씨네 형제가 보였다. 맏이 근탁을 비롯해 캠핑을 같이 다녀온 원탁과 그 아래로 천탁, 경탁 등 4형제였다. 오세창이 족대를 흔들며 오원탁에게 소리를 질렀지만, 그 소리는 서너 걸음도 못 가 물살에 떠내려갔다.

또 그만큼 떨어진 위쪽에서도 사람이 보였다. 빗물에 일렁거려 흐릿하긴 했지만, 군인 티가 나는 게, 박동순 동식 형제인 듯했다.

물고기가 많은 만큼 사람들도 많았다.

그런 시절이었다.

빠듯한 살림살이였다. 아무리 살만한 집이라 해도 선뜻 고기 한 점 끊어오기가 쉽지 않았다.

손쉬운 게 거래질이었다. 사람들은 으레 장마철만 되면 족대를 들고 샛강으로 나섰다. 고기 맛 푸짐하게 볼 수 있는 것도 장마철 한때였다.

매운탕을 끓이자면 물고기를 손질해야 했다. 구판장 도로변에다 양동이를 내려놓으려는데 눈 밝은 김경민이 소리쳤다.

"야! 물이다!"

그쪽으로 눈길이 갔다. 눈을 비비고 또 비볐다.

이럴 수가! 이게 어찌 된 영문인가. 거대한 물살이 멍석말이하듯 굴러오고 있지 않은가. 언제 어떻게 들이닥쳤는지 도로 한복판이 흥건했다.

잠업센터 쪽이 어수선했다.

공동묘지나 뽕나무밭은 물론 길 건너 아카시아 숲까지 출렁거리고 있었다.

조금 전 고기 잡을 때까지만 해도 마을을 넘어오진 않았는데. 물이 불어나는 건 순식간이었다. 어, 하고 놀라고 있는 사이, 고개를 내밀고 버둥거리던 땅콩밭마저 휩쓸어버렸다. '물밀듯 밀려온다'라는 말이 실감 났다.

시루섬의 물난리는 늘 잠업센터가 있는 북쪽에서 시작했다. 지대가 가장 낮았다. 전장으로 말하면 최전방 소초인 셈이었다.

뽕나무밭이 묻혔다면 길 건너 있는 아카시아 숲 역시 묻혔을 것이고…. 생각이 거기까지 미치자, 뛰었다. 누가 먼저랄 것도 없었다.

동네가 위험했다.

아카시아 숲에서 인가는 지척이었다.

길바닥은 어느새 물길로 변해 있었다. 흐르는 물살에 발목이 시큰거렸다. 길이 아니라 수렁이었다. 물살이 엉겨 붙는 바람에 걸음은 자꾸만 뒤로 밀려났다.

그래도 뛰었다.

길가의 집들을 뒤로 밀어내며 한참을 올라오자니 끝이 보였다.

그때서야 휴우, 한숨을 쉬었다.

다행이었다. 마을까지는 물이 들어오지 않고 있었다. 강가에 바투 앉아있는 김춘몽을 비롯해 노진배, 이경석, 김원일…. 계딱지처럼 다닥다닥 붙어 있는 집들이, 물안개처럼 일렁거리고 있었다.

3부

물이 온다

마루에 모로 누워, 시커멓게 내려앉은 허공을 응시하던 이장수가 벌떡 일어났다. 잔기침해대며 벌떡 일어나서는, 혼이 빠진 듯 사방을 두리번거렸다.

곁에서 바닥을 닦고 있던 그의 아내 유금옥이 흘끗 곁눈질로 건너다봤다.

남편 이장수는 헌칠한 키만큼이나 성격도 걸걸했다. 폐가 안 좋아 늘 잔기침을 달고 살긴 했지만, 목소리 하난 쩌렁쩌렁했다. 허리가 끊어질 듯 쿨럭거리는 남편 모습을 볼 때마다 변변찮은 약 한 채 못 달여 먹이는 자신이 미안했다. 없는 집 형편이다 보니 어찌해볼 도리 있을까마는 그래도 늘 죄지은 기분이었다. 오늘따라 더했다.

그 좋은 수제빗국도 먹는 둥 마는 둥 숟갈을 놓더니 내동 퍼붓는 빗줄기만 쳐다보고 있잖은가.

"그 몸으루 어딜 가게유?"

남편이 신발을 찾아 신자 그녀가 걱정했다.

"폐병은 삼 년이라는데 걱정 말어. 저기 저 봐! 아무래도 심상찮구먼."

고무신짝을 털어낸 이장수가 아랫말 쪽을 향했다. 그녀의 눈길도 자연 그곳으로 향했다.

우르르 탕탕, 하는 소리가 연신 들렸다. 포탄이라도 떨어졌는지 펑펑! 하는 소리도 들렸다. 짙은 비안개에 가려 보이진 않았지만 아무래도 불길했다.

"난리 끝난 지가 언젠데 가봐야 쓰겠구먼. 당신은 집안 단도리나 잘 혀. 여까지 물 찰 일이야 없겠지만 그래도 누가 알어? 이런 장마철엔 풍뎅이 마빡에도 물이 고이는 벱이여."

허청거리며 대문을 나서는 남편을, 그의 아내 유금옥이 물끄러미 쳐다봤다. 말려야겠는데, 내 집 일이 더 걱정이라고 말려야겠는데 그 말이 나오질 않았다.

매사 남편은 그런 위인이었다.

제집 일은 뒷전이고 식구 건사하는 일은 맨 끝으로 밀어놨다. 바른 소리는 바로 했다. 누구 눈치나, 체면 따위는 따지지도 않았다. 잘못된 건 반드시 고쳐놔야 직성이 풀렸다. 그것도 눈에 띄는 그 즉시.

그만큼 올곧고 시비가 분명했다. 이웃집 저녁연기가 가늘어진다 싶으면 그 집 쌀독부터 들여다봤다. 바른말 좋아하고 퍼주기 좋아하고, 그러다 보니 집안 형편은 늘 어려웠다. 그래도 다행인 것은, 이웃들도 이런 형편을 잘 아는 터여서 '나눠 갖고 나눠 먹기'를 내 식구처럼 했다.

전에, 훈장 선생이 그랬다지. 덕불고 필유린(德不孤 必有隣)이라. 화향십리(花香十里)요 인향만리(仁香萬里)라, 자고로 선비의 덕목은 첫째도 덕이요 둘째도 덕이라고.

지금도 이장수는 물구덩이나 다름없는 내 집 돌볼 생각은 뒷전으로, 동네 물 걱정이 급했다.

대문을 나서자 물탱크가 보였다. 매번 볼 때마다 흉물스러웠다. 도대체가 쓸 데라곤 전혀 없는 두통거리였다.

3년 전인가. 물탱크가 들어선다고 할 때만 해도 다들 축제였다.

높이 6m, 지름 5m나 되는 거대한 규모만큼이나 저수량도 많아 온 동네가 다 쓰고도 남아 보였다. 갖다 부은 시멘트양 만도 엄청났다.

수압을 높이자면 자연 가장 높은 곳에 놓아야 했다. 온 동네가 내려다보이는 곳에, 우뚝하니 서 있는 물탱크는 마을의 상징이자 자랑이 되었다. 그때만 해도 자신의 집 옆에 떡 버티고 선 물탱크가 그렇게 듬직해 보일 수가 없었다.

그러나 그 자랑은 딱 석 달로 끝났다.

고장이 난 것이다.

물탱크에 물을 채우자면 강물을 펌핑해서 끌어올려야 했는데 디젤엔진으로 가동되던 펌프가 석 달을 못 버티고 서버린 거였다. 발전기를 짊어지고, 수원이다 어디다 다 다녀봤지만 헛수고였다.

국내기술로는 어림없고 일본이나 독일 가야 고칠 수 있다니. 그렇다고 전기도 들어오지 않는 마을에서 전동펌프를 설치할 수도 없는 노릇이고 보면 물 먹기는 그른 셈이었다.

물이 없는 물탱크가 되어버렸다. 크기가 웬만해야 깨부수든지 하겠는데 이건 섬이 없어지지 않는 한 어쩌지 못할 애물단지로 변했다. 보는 사람의 속만 야금야금 갉아먹을 판이었다.

그러잖아도 급한 성질에, 눈만 뜨면 봐야 하는 이장수로선 속이 뒤집힐 노릇이었다.

"에이! 썩을 놈을 거!"

이장수가 물탱크 곁을 지나며 가래 끓는 소리로 침을 퉤, 뱉었다.

사흘 동안의 그 엄청난 폭우에도 물탱크만은 건재했다. 어디 한군데 깨지기는 고사하고 모서리 한쪽 금 간 곳도 없었다. 빤한 틈 없이 줄줄 새고 있는 자신의 집을 약 올리기라도 하듯 빤히 내려다보고 있는 물탱크가 보이자 도졌던 울화가 덜컥 치민 것이다.

그러거나 말거나 물탱크는 그저, 그런 이장수를 물끄러미 내려다볼 뿐이었다.

무심했다.

큰길로 내려서자 거대한 이무기가 꿈틀거리며 다가왔다.

진흙탕의 도도한 홍수가 큰길에 갇혀 요동을 쳤다. 사람이 다니라고 만들어 놓은 길에 물이 독차지하고 있었다. 모래는 이미 다 떠내려가고 자갈들끼리 부대끼며 악다구니를 쳐댔다. 거기에 장단이라도 맞추듯 비는 계속 퍼붓고 있었다.

옷은 다 젖었다. 하긴, 이토록 그악스러운 빗줄기에 반바지 러닝셔츠였으니 젖고 자시고 할 것도 없었다. 걸을 때마다 젖은

옷깃이 몸에 감겼다.

그래도 윗도리는 좀 나았다. 반바지긴 해도 바지는 바지였던지 걸을 때마다 살이 쓰려 왔다.

마을구판장이 보였다.

여느 때 같았으면 사람들로 왁자지껄했을 텐데 조용했다. 술에 취해 비틀거리는 사람은 고사하고 사람 그림자도 얼씬거리지 않았다.

평상을 들었다 놨다 하던 가게 주인 박명호가 이장수를 반겼다.

둘은 누구보다 친했다. 아무리 사람 좋은 박명호라도 성격이 별난 이장수였던지라 껄끄럽기도 하겠건만 전혀 그렇지 않았다. 죽이 척척 맞는 게 친형제 못지않았다.

이장수의 건강이 쇠약해지고부터는 부쩍 더 가까워졌다. 폐에 좋다는 약재에서부터 '몸이 좀 어떠냐'는 안부에 이르기까지 수시로 문안했다.

"성님! 여까지 먼 일이오?"

"걱정돼서. 물이 얼마나 늘었는지 궁금해서 배길 수 있어야지. 이게 이거 지독하구먼. 온 천지에 물이 개락이여. 이러다간 자네 집까지도 장담하겠나?"

"설마…. 늘긴 많이 늘었대유. 좀 전에 이장하고 몇이 둘러본 게, 무섭긴 무섭더구먼유. 그래도 설마 여까지야 올라구유."

"설마가 사람 잡는단 말 못 들었어? 장담할 일이 아닌 게, 여봐. 이게 어디, 길이여 도수로지."

박명호가 이마에 빗물을 쓱 닦았다. 나이보다 주름살이 더 많아 보였다. 사흘 장마에 머리카락까지 셌는지 희끗희끗 얼룩이 졌다.

"안 오길 빌어야쥬. 점방에 저것들 어디 치울 데나 있게유."

"먼 소리여! 우리 집은 집이 아니고? 여차하면 물건이구 지랄이구 우리 집으로 내빼."

박명호가 생각하기도 싫다는 표정으로 도리질 쳐대자 이장수가, 그런 그의 면전에다 소리를 꽥 지르곤 위로 치뺐다.

그 좋던 기세가 마른 옥수수 대궁 흔들리듯 초췌해 보였다.

한길을 따라 멀어져가는 이장수를 보면서 박명호가 하늘을 올려다봤다.

제발 쫌, 고만 와라!

다른 집들은 짐이라도 싼다지만 이건 어디서부터 손을 써야 할지 몰랐다.

가게라고 해봐야 손바닥만 했다.

길갓집이었으니 방 한 칸이면 되었다. 뒷박만 한 방에, 진열대랍시고 벽에다 송판을 올린 게 전부였다. 어디 한군데 몰아두기로 말한다면야 일도 아니었다.

그러나 더러 곰팡이도 피고 먼지 쌓여있긴 해도, 하나같이 소중한 재산이었다. 소달구지 끌고 단양장까지 오르내린 땀방울은

계산에서 뺀다 해도, 그간 보관해둔 시간이며 정성은 어쩌고.

어떻게 해보려 해도 손이 덜덜 떨려 말을 듣지 않았다. 잘못 건드려서 부서지거나 깨지기라도 하면 그 손해는 다 어쩔 건가.

저녁 어둠발에 내몰린 황소 꼴로 황망할 뿐이었다.

이장수 앞으로 허연 솜뭉치 같은 것들이 둥둥 떠내려왔다.

자세히 보니 사람들이었다. 물길을 따라 떼로 몰려오는 사람들이 꼭 솜뭉치로 보였다. 앞선 사람을 빼고는 모두 아가씨들이었다.

많았다. 얼핏 봐도 스무 명은 넘지 싶었다. 잠업센터 연수생들이었다. 군내 각지에서 모여든 16~20세 안팎의 아가씨들로, 추잠 교육을 받던 중이었다.

맨 앞장서 오던 사내가 꾸벅 인사를 했다. 그 뒤로 연수생 아가씨들이 밀려 내려왔다. 다들 어깨에 가방을 걸쳤다. 거기다 짐보따리까지 이거나 끌어안고 있었다.

인사를 하려 하자 이장수가 말 대신 손을 내저었다. 빨리 가라는 신호였다. 이 다급한 처지에 말이 무슨 필요가 있을 것인가.

그들 역시 어디로 가야 할지는 더 잘 알 것이다.

이장수가 고개를 돌려 흘끗 올려다봤다.

자신의 집 쪽이었다.

물탱크가 보였다. 크고 우람했다. 두통거리, 흉물로만 여겼는데 멀리서 보니 뚜렷했다. 거대했다. 물속을 헤매다 보니 정신까지 어찌 된 것인가.

그토록 괄시하던 물탱크가 듬직해 보이다니!

무리가 다 지나갈 즈음, 그루터기에 돌멩이 굴러오듯 뭔가 딱, 섰다. 잠업센터 장으로 있는 군청 잠업계장이었다. 교사나 직원들은 누군지 몰라도 그는 몇 번 만난 적 있었다. 통성명하기를, 조 뭐라고 했었던가. 청풍 근처 어디가 집이라고 했는데 그것까지야 알 것 없고.

"잠업센터도 물에 잠겼소?"

물어보나 마나 한 질문이었다.

물길이 시작하는 어귀였다. 덮쳤어도 벌써 덮쳤을 것이다. 허청거리며 서 있는 이장수 앞에, 그보다 더 허청거려 보이는 잠업계장이 파랗게 질린 입을 떠듬거렸다.

"아래층이, 일 층이 싸악… 싸악 다…"

"두고 온 사람은 없소? 다 나왔냔 말이오!"

떠듬거리기도 힘에 부쳤던지 그가 고개만 끄덕거리자, 이장수 역시 손을 내저었다. 이장수가 그들이 온 길을 되짚어갔다.

잠깐 사이에 물은 더 늘어, 발목에서 놀던 물살이 정강이를 훑이고 갔다.

한참을 걷던 그가 입을 딱 벌렸다.

길이 끝난 것이다.

끝날 자리가 아니었다. 원래 길이라면 공동묘지를 거쳐 잠업센터까지 이어져야 했다. 그 많던 묘지들은 아예 흔적도 없었다. 원혼들의 통곡이 하늘에라도 닿았던지 비는 조금 그쳤다.

그러나 물살은 조용해질 기세가 아니었다. 아니 오히려 걷잡을 수 없이 불어났다. 검붉은 진흙물이 꾸역꾸역 몰려왔다. 물은 흐르는 게 아니라 켜켜이 쌓였다. 멍하니 서 있는 이장수 앞으로 떡시루에 떡이 쌓이듯 켜켜이 밀려왔다.

넘실거리는 수면과는 달리 물속은 요란했다. 자갈밭에 우마차가 구르듯 탕탕거렸다. 지축이 무너지고 지반이 떨어져 나갔다.

잠업센터에서 못 빠져나온 연수생이라도 있는지 한 번 둘러볼까 했는데 어림없는 생각이었다. 그 무성하던 아카시아 숲마저 정수리만 내민 채 자맥질을 해댔다.

구두여울이나 두멍소가 있었을 법한 자리는 강이 아니라 바다로 변해 있었다. 그렇게 탄탄하게 보이던 애곡리 철로가 금방이라도 물살에 떠내갈 듯 간당거렸다. 허연 이빨을 드러낸 급류가 만학계곡을 통째로 물어뜯고 있었다.

입을 딱 벌리고 서 있던 이장수가 발길을 본강 쪽으로 접었다.

집이 보였다. 초가였다.

사람보다 물이 먼저 들어와 있었다. 마당에서 철렁거리던 물이 사람을 만나자 침을 튀겼다.

조용했다. 이런 물난리에… 이럴 사람이 아닌데. 어디 물 구경이라도 갔나?

뒤란에서 볼일이라도 보는 건 아닌가 해서 돌아가 봤다.

담장이 허물어져 있었다. 말이 담장이었지 구실도 못 하는, 강돌 몇 개로 듬성듬성 쌓아 놓은 뒷담이었다. 물살 몇 번에 폭삭 주저앉았다. 뒤란에서 마당으로 치고 나오는 물이 웬만한 강줄기보다 셌다. 집을 남향으로 세우다 보니 뒤란으로 물이 들어올 수밖에 없는 구조였다.

"어어이! 아무두 안 계슈? 김 형! 상봉이 아부지!"

철렁거리는 물소리를 발길로 냅다 걷어찬 이장수가 마당을 썩 가로질러 봉당으로 올라섰다.

어디선가 간간이 코 고는 소리가 들렸다.

고리눈을 부릅뜬 이장수가 소리를 질렀다.

"물이오! 물! 물 들어왔어!"

안방 문간 쪽 마루턱에다 코를 박고 있던 집주인 김춘몽이 실눈을 떴다.

이름이 춘몽이어서 그런지 어디에고 기댔다 하면 코부터 골았다. 아무리 그래도 그렇지, 이 급박한 때에 잠이라니! 그러잖아도 성질 급한 이장수가 소리를 꽥, 지르자 대들보가 들썩했다.

"물 들어왔단 말이오! 물! 어서 피하래두."

김춘몽의 나이가 열 살은 더 많았다. 평소 같았으면 차분히 공대했을 것이나 사정이 워낙 다급하다 보니 말끝을 잘라먹은 것이다.

이장수의 고함에 찔끔 놀란 김춘몽이 하품을 길게 물더니 눈을 비볐다. 태평이었다.

"하안 나 원, 사람 하군. 물은 뭔 물."

"내 이거야! 이게 이거, 이기 물이 아님 뭐유? 어성 짐 싸래두."

"허허! 난 또… 누구라구. 자네 장수 아녀. 걱정 말어! 조부 때 샘 파다만 자리여. 우리 집 마당 물 나는 거야 온 동네가 다 아는걸!"

이 급박한 때에 이름도 가물가물한 그의 조부까지 소환된 데는 그만한 이유가 있었다.

어느 해 봄.

떠돌이 풍수가 찾아왔다. 물지게를 짊어지고 힘겹게 들어서는 아낙네를 보자, 풍수가 작대기로 마당 한가운데를 쿡 찍었다. 뒷짐을 진 조부가 작대기 끝을 가만히 내려다보더니 풍수 면상을 훑었다.

작대기풍수가 입심 좋게 한마디 했다.

"물이오! 마당에 널렸소."

봄에는 늘 기갈이 들기 마련이었지만 그해는 더했다.

굶고는 살아도 물 없이는 하루도 못 버텼다. 강물도 말라 지렁이 기어가듯 재잘거렸다. 물집거리 빨래터에서 끌어다 먹던 물이, 애곡 수양개까지 가서야 한 바가지 들어 올릴까 말까 했다.

풍수 말대로 곡괭이질 서너 번이나 했을까 물이 쏟아졌다. 명당 터가 따로 있나, 가뭄에 물 나고 장마에 뽀송하면 되는 거지.

그렇게 해서 우물이 파졌다.

그런데 명당이 따로 있긴 따로 있는 건지, 일이 안 되느라고 그랬던 건지, 난데없이 목탁 소리가 달그락거렸다.

탁발 스님이었다.

스님이 선장을 번쩍 들더니, 풍수의 어깻죽지를 후려쳤다. 말리고 자시고 할 새도 없었다. 스님의 동작이 신속하기도 했거니와, 풍수 역시 각오라도 하고 있었던지 고스란히 장을 맞았다.

"쌀 한 됫박에 눈이 멀어도 정도가 있지! 벌레 한 마리 해코지해도 그 죄가 무간지옥에 떨어진다 했거늘, 하물며 한 동네를 망치려 들다니! 어서 파묻지 않고 뭘 꾸물대고 있느냐?"

작대기풍수가 머뭇거리는 사이, 떠돌이 스님이 조부에게 합장했다.

"이 동네는 배의 형상이라 우물은 물론이고 땅을 깊게 파서는 안 됩니다. 배 바닥에 구멍이 뚫린다고 가정을 해보십시오. 귀댁은 물론이고 동네 전부가 가라앉을 것입니다. 저 아둔한 것이 눈이 멀어 한 짓거리오니 용서해주십시오. 나무 관세음보살!"

소문은 삽시간에 퍼졌다. 그 후로는 시루섬 어떤 집도 우물 팔 생각은 엄두도 못 냈다. 동네가 가라앉아 망한다는데 감히 누가 땅을 파내고, 거기에다 심을 박겠는가.

우물 판 자리를 되메우긴 했지만, 장마만 졌다 하면 용출수가 치솟았다.

이 집 마당의 그런 사연을 이장수라고 모를 리 있겠는가.

보다 못한 이장수가 기어이 마루 위로 올라섰다. 물이 질질 흐르는 고무신짝으로 마룻바닥을 두들겨대며 끌다시피 김춘몽을 일으켜 세웠다.

"보시오! 이게 개삼이여? 샘 판 자리가 어때? 한강이 아니라 바다여, 바다!"

바다 한가운데를 끌어다 놓은 듯 마당이 철렁거렸다. 뒤란에서 쏟아져 내려오는 물이, 말 그대로 한강이었다. 그제야 김춘몽이 화들짝 놀랐다.

"어어? 이게 뭔 일이여! 물이여? 강물이여? 뭔 물이 여까지 넘어!"

김춘몽이 그물에 걸린 눈먼 참새처럼 푸드덕거리자, 날갯죽지를 쥐어틀듯 이장수가 냅다 쏘아붙였다.

"우짼 집구석에 사람이라군 없수? 상봉이 자슥은 어디로 빨빨거리고? 뭣혀요! 짐 싸라니까. 도망을 가도, 이불 보따리에 숟갈 한 짝은 갖고 나서야 풀칠이라도 할 거 아니오!"

그때 마침, 이 집 아들 김상봉이 들어섰다. 그 뒤엔 이상수도 보였다. '뭐 하고 돌아다니다 인제 오냐'는 면박은 제 아비 몫이라 여겼던지, 이장수는 그들을 본체만체하고는 휑하니 그 집을 나섰다.

서둘러야 했다. 이게 그냥 있다간 사달이 나도 크게 날 판이었다.

"물이여, 물! 물 들어와! 피난들 가시오!"

"성종으루, 성종 우리 집으루 가시오! 서둘러! 물 들어온다니까."

골목골목 집집을 뛰어다니며 소리쳤다. 목소리가 잦아들 때쯤엔 목에서 피가 올라왔다. 그래도 뛰었다.

각혈이 문제가 아니었다.

집이 파묻히고 사람 목숨이 경각에 달렸다. 내 몸 하나 편해지자고 동네의 위급을 모른 척할 수도, 그걸 운에 맡길 일은 더더욱 아니었다. 한 집이라도 더 알려야 했다. 한 사람이라도 더 깨워야 했다. 몸이 부서져라, 뛰었다.

이장수의 절규에 가까운, 피맺힌 목소리에 놀란 동네 사람들이 피난 준비를 서두르고 있었다.

한낮이었다.

4부

피난길

물살이 달라붙었다. 거머리를 떼어내듯 물탕을 튀기고 있던 오세창이 소리쳤다.

"이거야, 내 정신 좀 봐라! 가봐야겠다. 웃말이 이 지경인데 우리 집이라고 성하겠냐?"

남의 집 걱정할 때가 아니었다. 그의 집 역시 샛강 가에 있었다. 물이 들기로 말하면 순식간일 것이다. 오세창이 줄행랑을 치자 김경민 역시 형들이 걱정할 것 같다며 내뺐다.

그럴만했다. 김경민은 4형제 중 막내였다. 아버지를 일찍 여읜 탓에 맏형인 종민이 가계를 꾸리며 집안을 돌봤다. 어느 집엔들 형제 우애가 없을까마는 경민이네는 각별했다. 형제 중 누구 하나 다치기만 해도 온 동네가 소란스러웠다. 이 난리 통에 막내가 없어진 걸 알면 그 형들이 어떻게 나올지는 뻔했다. 꾸지람 몇 마디 듣고 말 문제가 아니었다.

오세창과 김경민이 자기들 집으로 달려가자 남은 건 이상수와 김지홍이었다. 이 와중에도 이상수는 태평이었다. 시루섬에서 가장 높은 물탱크 주변엔 이장열, 이장수 형제와 김종민, 이종만, 이렇게 네 집이 살았다.

김종민은 조금 전까지 같이 있었던 김경민의 맏형이었고 이종만은 이상수의 아버지였다. 같은 담에 살기는 김대종도 있었으나 소원했다. 그 집들 가운데서 자신의 집이 가장 높이 위치했으니 느긋할 수밖에 없었다.

반면 김지홍의 집은 구판장에서 본강 가, 빨래터로 열린 길옆에 있었다. 높기는 하지만 강가였다. 김지홍이 집으로 가야겠다고 걸음을 떼려는데 이몽구가 왔다.

"너들 여서 뭣하냐! 지홍이 넌? 빨리 가봐라. 느 할무이네 난리다."

김지홍이 할머니란 말이 나오자마자 달려갔다.

할머니 댁은 아랫말이었다. 그곳도 물이 들어오기로 말하면 순식간이었다. 제방이라곤 있지만 거지반 다 허물어져, 있으나 마나 했다.

"넌… 상수 아녀? 아부진 별고 읎으시제? 오늘 겉은 날은 구판장 얼씬도 말라 혀."

이상수의 아버지 이종만은 술을 워낙 좋아해서 누구보다 구판장에 자주 내려왔다. 그런 그가 걱정돼서 하는 소리였다. 이몽구로선 종친이기도 했거니와 마을 책임자로서 늘 신경이 쓰였다.

올봄에 이장을 내놓긴 했지만, 동네 사람들은 아직도 자신을 이장으로 여기고 있었다.

이상수가 꾸벅 고개를 숙이자 그 앞으로 거무데데한 얼굴이 들어섰다.

얼굴을 쓱 문지르며 히죽 웃었다.

김상봉이었다. 어디를 급히 갔다 오는 길인지 숨이 턱에 닿았다. 이상수를 보자 대뜸 그의 팔부터 잡아끌었다.

"야! 너 잘 만났다. 우리 집에 같이 좀 가자."

둘도 없는 친구였다. 이상수로선 모른척할 수가 없었다. 더구나 김상봉의 집은 강가에 붙어 있어 제일 위험했다. 이상수가 김상봉을 따라나서자 이몽구도 집을 향해 뛰었다.

찰랑거리던 물살이 불쑥불쑥 튀어 올라왔다. 물은 흘러내리는 게 아니라 용수철처럼 튀어 올라왔다. 수위는 그럴 때마다 쑥쑥 높아지고 있었다. 어느새 허벅지까지 기어 올라와 있었다.

자신의 집뿐 아니라, 온 동네가 수몰될 위기였다.

김상봉이 집에 도착해 보니 마당은 벌써 바다였다.

집 식구들보다 이장수가 먼저 그들을 맞았다.

"아저씨가 어째, 여까지?"

김상봉이 이마에 맺힌 빗방울을 훑이자 이장수가 보기도 싫다는 듯 손을 훼훼 내젓더니 횡하니 밖으로 나갔다. 김상봉의 말을 받은 건 어둑한 마루 구석에 있던 그의 아버지였다.

"이눔아! 어디서 뭐 하다 이제 나타난 겨? 장수, 저 사람이 깨워줬으니 망정이지."

때늦게 사태를 파악한 김춘몽이 분풀이라도 하듯, 아들을 닦달했다.

넘쳐오는 물에, 노친네의 닦달에 뭘 어떻게 해야 할지 모르고 어벙하게 서 있는 김상봉을 향해 이상수가 소리쳤다.

"뭣하냐! 이불 하고 옷가지, 쌀! 그래 쌀이랑 뭐 당장 먹을 거, 자루라도 있을 거 아니냐 물에 젖는 종이 포대 말고."

이상수가 마루 위를 널뛰듯 뛰었다.

넋이 빠져 있던 김상봉이 마대를 들고 왔다. 손에 닥치는 대로 챙겨 넣었다. 어머니를 비롯한 식구들은 먼저 올려보냈다.

짐도 짐이었지만 소가 문제였다.

다른 가축이야 잃어도 그만이지만 소는 달랐다. 사람 몫 서넛은 해냈다. 소달구지가 없으면 당장 담배 농사부터 접어야 할 판이었다. 값도 어지간해서 재산증식에는 소만 한 것도 없었다.

상봉이 모친에게 소고삐를 넘겨주며 신신당부했다. 다른 데 매지 말고 꼭 송정 참나무 밑에 풀어놓으라고.

평소 같았으면 여자라고 깔봤을 놈이 이번에는 고분고분했다. 서두르는 법 없이, 의젓하니 앞서서 걸었다.

사람들이 떠난 빈집이란 걸, 물도 아는지 미쳐 날뛰었다. 물살이 곤두박질치며 벽체를 들이받을 때마다 기둥뿌리가 흔들흔들했다. 나무 기둥에다 회벽을 한, 수수깡 집보다도 못한 부실하기 짝이 없는 초가집이었다.

물은 독사의 혓바닥처럼 헐렁한 틈새로 꾸역꾸역 몰려왔다. 지금까지 버티고 있는 게 용했다. 언제 무너질지 모를 집 안에서 그들은 한 가지라도 더 건지기 위해 발버둥 쳤다.

"가자, 그만 가자! 어여 뜨자! 이러다간 우리까지 떠내려가겠다."

이상수가 김상봉의 윗도리를 잡아챘다. 그 바람에 책꽂이에서 교과서가 우르르 쏟아졌다. 수업 시간에도 읽지 않던 책이었다. 책이라면 질색이었다. 그런데도 교과서만큼은 무슨 보물 다루듯 했다.

책가방에다 자루에다, 김상봉이 낑낑거리자 이상수가 책가방을 낚아챘다.

무거웠다.

몇 권 안 되는 책이 이렇게 무겁다니! 이걸 뭔 수로 머리에 넣고 다닌단 말인가. 공부 안 하길 잘했다고, 아부지 땅콩 농사가 백번 쉬울 거라고. 물난리 피난길에서도 잠깐이나마, 그는 그렇게 싱거운 생각을 하고 있었다.

그런데 그 싱거운 생각보다 더 싱거운 사건이 벌어지고 있었다.

상봉의 아버지 김춘몽이었다.

식구들은 이리 뛰고 저리 뛰고 하면서 이삿짐 싸느라고 정신 없을 때, 정작 집 주인은 그림자도 비치지 않았다. 식구들 다 내보내고 부랴부랴 방을 빠져나오던 이상수가, 무슨 잊은 거라도 있던지 한마디 했다.

"야 상봉아! 느 아부진 어디 갔냐? 내내 보이질 않어. 찾어봐. 가도 같이 가야지."

그러나 정작 김상봉은 남 얘기하듯 태평했다.

"어디 있을 겨."

그들이 마당을 가로질러 길바닥으로 올라서려는데 불긋한 뭔가 푸드덕 날아올랐다. 닭이었다. 그리고 보니 그쯤 어디, 닭장 있었던 게 기억났다. 그 많던 닭들은 다 어디로 다 떠내려갔는지 수탉 한 마리만 보였다.

미안한 생각이 들었다. 그래, 저들 닭도 있었지….

어디 닭뿐일까. 개와 고양이에, 소도 있고 토끼도 있고 가까이 기웃거리던 새 떼까지. 한 마리도 보이지 않았다. 피난하기에 바빠, 저들에겐 신경 쓸 여가도 없었다. 소리 한번 못 지르고 떠내려갔을 거라 생각하니 미안했다.

닭이 아직 살아 있다니!

그러나 더 놀라운 건 그 닭을 잡겠다고 푸드덕거리는 사람이 있었다. 상봉 아버지였다.

닭은 물 한가운데서 잡히지 않으려고 기를 쓰고, 닭장 주인은 그런 닭을 잡겠다고 또 기를 썼다. 그러잖아도 쑥대궁처럼 엉클어진 몰골이, 영락없는 물에 빠진 생쥐 꼴을 하고 있었다.

난감했다. 친구 아버지였으니 웃지도 못할 노릇이었다.

두몽소 쪽이었다.

잘못 삐끗했다 하면 급류에 휩쓸릴 판이었다. 누가 봐도 무모했다. 위험천만하기 짝이 없었다. 쳇! 우릴 그렇게 생각해 보라지! 김상봉이 씨광한 표정으로 투덜거렸다.

"야야, 느 아부지가, 저거 위험하다. 말려라! 닭 한 마리 건지려다 떠내려가겠다. 어어! 진짜루 떠내려간다!"

닭이 잡혔다. 빗물에 젖고 강물에 빠진 날갯죽지였다. 그만큼 버틴 것만도 신기했다. 그러나 닭을 잡은 그 역시 물살에 잡혔다. 닭을 잡으려니 깨금발이었다. 물속에서의 깨금발이 무슨 힘을 쓰겠나. 닭과 함께 물속에 처박혔다.

밥숟갈 뜨기 전부터 배운 물질이었다. 수영이라면 자신 있었다. 시루섬 사람 치고 수영 못하는 사람이 있을까마는 '물집거리 김 씨' 하면 다들 혀를 내둘렀다. 물속이고 물 밖이고, 구두여울의 급류거나 두멍소의 와류이거나를 가리질 않았다. 남들이 강물 위에 떠서 수영할 때, 그는 강 한복판을 뛰듯이, 서서 다녔다. 물에 떠내려가나 싶었는데 용케도 물살을 헤집고 나왔다.

빈손이었다.

이상수가 뛰었다. 집으로 오는 길은 그야말로 난리 북새통을 이뤘다.

걸음걸이보다 물 불어나는 속도가 더 빨랐다. 한 발 내디뎠나 싶으면 물살은 서너 걸음 앞서가고 있었다.

마을 전체가 물바다였다.

그나마 일찍 서둘렀으니 망정이지 수저 한 짝 못 건질 뻔했다.

친구의 책가방을 들썩하면서 바지춤을 올렸다. 상봉이 가자고 했을 때, 따라가서 도와주길 잘했다고 생각했다. 모처럼 만에 좋은 일을 한 것 같아 뿌듯했다. 뒤를 돌아다보던 이상수가 넋이 빠진 듯 멍하게 섰다.

저럴 수가! 너와집 한 채가 기우뚱하더니 풀썩 내려앉았다. 방금 나온 상봉이네 집이었다. 그걸로 끝이었다.

소리도 없었다. 무심한 강물만 흘러갈 뿐, 집이 있었다는 흔적은 그 어디서도 찾아볼 수 없었다. 그에 연해 있던 집들 역시 그렇게 사라지고 있었다.

대부분 집들이 널돌로 지붕을 덮은 너와집이었다. 초가가 전혀 없는 것은 아니었으나 아랫송정 나루터 근처의 김수환네와 조금 전 나온 윗송정 김춘몽을 비롯한 서너 집 말고는 기와 아니면 너와였다.

시루섬은 모래와 자갈로 된 섬이었다.

논이 없었다. 그러다 보니 볏짚이 귀했다. 초가를 엮으려면 다른 동네서 볏짚을 사와야 했다.

다른 마을에선 떠내려가는 지붕이라도 보인다지만 시루섬의 집들은 흔적도 없었다. 물이 들어차기 무섭게 풀썩 주저앉았다.

허무했다. 속절없이 사라졌다. 강변에 기대 있던 김춘몽을 시작으로, 소낙비에 창호지 흐물거리듯 맥없이 떠내려갔다.

안타까웠지만 어찌하겠는가. 입술을 깨문 채 발을 동동 구르는 것 말고는, 어린 그가 할 수 있는 일이란 없었으니.

아! 하는 탄성을 지를 때마다 집들이 물속으로 사라졌다. 그렇게 지켜보고 있자니 자신의 몸도 물속으로 녹아드는 기분이었다.

녹초였다. 거대한 재난 앞에서, 기껏 할 수 있는 일이란 좀 더 안전해 보이는, 집으로 가는 것뿐이었으니.

소를 몰고 가던 상봉 어머니가 깜짝 놀랐다.

어디선가 펑! 하는 폭탄 터지는 소리가 들렸다. 조금 있자 다른 곳에서 따다다! 하면서 연발총 쏘는 소리가 났다.

담배 건조실 아궁이에서 나는 소리였다. 좀 높고 덩치가 크다뿐이지, 건조실이라고 여느 건물과 다를 건 없었다. 자재라고 해봐야 낙엽송 몇 개에, 수수깡에다 흙 몇 점 찍어 바른 흙집이었다. 허우대만 멀쩡한 속 빈 강정에 불과했다. 그렇게 허술한 건물이, 물속에 파묻힌다고 저렇게 큰 소리를 낼 건 아니었다.

담뱃잎을 쪄내자면 엄청난 화력이 필요했다. 무연탄, 그것도 화력이 좋은 괴탄(塊炭)을 썼다. 불 지피기가 힘들어 그렇지, 한번 붙었다 하면 무쇠도 녹여낼 정도의 엄청난 화력이었다. 이글이글 타오르는 시뻘건 아궁이 속으로 거대한 홍수가 들이닥쳤으니. 화산이 터지듯 폭발했다. 화력이 클수록 폭발음도 더 컸다. 꿍음이 들릴 때마다 건조실이 무너지고, 그래서 먼 데서 보면 아궁이 터지는 꿍음이, 건조실 무너지는 소리로 들렸다.

어디 건조실 터지는 소리뿐일까.

소가 울었다.

마름은 없어도 소는 있어야 했다. 어느 집이고 한두 마리 정도는 다 키웠다. 온 동네 소들이 워워! 울어댔다.

장독대가 깨지면서 와장창! 했다. 그럴 때마다 애간장이 다 녹아내렸다.

손때 묻은 장롱이며 경대에, 그 속에 든 패물함은 어쩌고. 집문서에 땅문서에, 큰애 시집 밑천으로 아껴둔 가락지며 금쪽은 또 어찌하고!

출렁거리며 떠내려가는 자신의 집 지붕을 보자 가슴이 미어졌다. 눈물이 났다. 피난길에서 이러면 안 되지, 하면서도 눈물은 하염없이 흘러내렸다. 어금니 아무리 앙다물어도 볼때기가 씰룩거려지고 꺼이꺼이 울음이 터졌다.

그래, 너라도 실컷 울어라. 소고삐를 쥔 손이 떨리고 발걸음이 후들거려 떼어질 않았다.

비는 그쳤다. 그런데도 물은 어디서 몰려오는지 꾸역꾸역 몰려들었다. 제법 커 보이던 동네가 손바닥만 하게 쪼그라들었다. 누가 시루섬 아니랄까 봐 딱 시루만 해졌다.

이상수가 집엘 들어섰다.

이렇게까지 끈질기다니! 뛰면서 왔는데도 물이 발뒤꿈치까지 달라붙어 있는 게 아닌가. 그래도 워낙 높은 곳이라 마당 한쪽

귀퉁이만 촉촉했다. 놈들은 대문 밖 축대 어름에서, 저들끼리 밀치고 제치고 하면서, 들어갈까 말까 재는 중이었다. 넘어오기로 말한다면 마당은 고사하고 집이라고 남겨둘 리 만무했다.

허겁지겁 들어서는 이상수를 향해, 그의 아버지 이종만이 역정부터 냈다.

"이눔아! 이 난리 통에 뭔 짓거리로 쏘댕기길, 그렇게 쏘댕겨! 외양간에 여물 떨어진 지가… 벌써 사흘째여!"

얼굴이 불콰해서는 말까지 떨었다.

"아부지야말루 약주 그만 드셔유. 물 와유 물! 아랫말 웃말 할 거 없이, 죄다 이리루 몰려와유."

이종만이 아들의 말을 딱 잘랐다. 1초도 걸리지 않았다.

"물? 허! 여긴 슴에서 젤 높은 데여. 잔꾀 부리지 말고 외양이나 가보래두!"

이종만이 손바닥을 탁, 치자 팔자 좋게 뒹굴고 있던 소주병이 기겁하며 굴렀다. 그 독한 소주를 혼자서 다 마시다니. 말이 통할 리 없었다.

"내 참 아부지두! 저기 마당, 아니지 문밖을 나가봐유. 물이 쫙 깔렸다니까유."

"허이, 밸 싱거운 놈. 쫙 깔려? 일사후퇴 때 중공군도 아니고 쫙 깔리긴 뭐가 쫙 깔려! 연, 성종이여! 슴서 젤 높이 있는 데란 말을 몇 번이나 해야 알아 묵겠냐?"

부자가 옥신각신하자 부엌에서 엿듣고 있던 여인네가 불쑥 나섰다.

이상수 어머니였다. 그녀는, '상수 쟈가, 애비를 닮아 좀 덜렁거리는 면이 없는 것은 아니나, 터무니없는 말을 지어내 식구들을 기망하진 않을 것이다'라고 생각했다.

술 취한 남편에게서야 할 말도 들을 말도 없던지, 아들이 가리키는 마당으로 향했다. 마당 끝에 서서 사방을 두루 살피던 그녀가 털썩 주저앉았다.

"보시오, 상수 아부지! 언능 나와 보시오! 허이구야… 허이구!"

말더듬이 경을 읽듯 소리를 지르자 그제야 이종만이 비틀거리며 나왔다. 그가 눈을 비볐다. 술에 취해 헛것이 보이나? 눈을 비비고 또 비볐다. 차르르 쏴아! 하는 물소리가 또렷했다.

그때였다.

소 울음소리가 들렸다. 한두 마리도 아니고 온 동네 소란 소는 다 몰려오고 있지 않은가.

그 뒤로 사람들이 따라왔다. 리어카가 뒤뚱거릴 때마다 베개가 떨어지고 옷가지가 너풀거렸다. 코흘리개 어린 것들이 그것을 주섬주섬 챙겼다. 그러면 그보다 조금 큰 애들이 그것들을 받아 리어카 빈 데다 쑤셔 넣었다.

바람 빠진 리어카가 진창에 갇혔다. 꾀를 쓴다고 소고삐에 매달아 당겼다. 소가 치뺐다. 황소였다. 리어카가 공중에 붕 뜨는가 싶더니 이내 곤두박질쳤다. 그 바람에 실려 있던 짐이 산지사방 흩어졌다. 사람들이 달려가서 바닥에 널려져 있는 이삿짐을 그러모았다.

짐이라고 해봐야 별거 없었다.

덩그런 이불 보따리 빼고 나면 수저 몇 벌에 양은 냄비 두어 개. 빗물에 불어터진 보리쌀 서너 됫박이나 될까.

여름이었으니 옷이라고는 입고 있는 입성, 그게 가지였고. 치약을 가져왔을 것인가 세숫비누를 가져왔을 것인가. 가전제품은 나오기도 전이었다. TV, 냉장고는 구경도 못 했으니 그렇고, 더러 금성트랜지스터 라디오가 보이긴 했었지만, 그 귀한 걸 어디 리어카에다 맡겼겠나. 그러니 짐이라고 해봐야 한 짐도 채 못 되는, 지게에 올려놔도 수제비 뜨듯 해까웠다.

리어카라도 끌고 온 집은 그래도 시간적 여유가 있던 집이었다. 불시에 당한 변이었다. 어어, 하는 사이 물은 순식간에 들어찼다.

'물이 온다!'는 소리에 방문을 열었을 땐 이미 마당 한복판이 그득했다.

처음 들어올 땐 조용했다. 아무 소리도 들리지 않았다. 기척 없이 들어와서는 기둥이고 마룻장이고 사정없이 물어뜯었다. 파도 같은 물살이 한 번씩 철썩일 때마다 기둥뿌리가 흔들리고 마룻장이 들썩였다.

몸 하나 빼내기도 바빴다. 이불 보따리에 옷가지 두어 벌 들고 나온 게 전부였다. 점령군처럼 들이닥친 수마에 쫓겨나온 피난 행렬이었다.

이종만이 리어카를 덥석 잡았다. 마당으로 끌어다 놓더니 호령을 질렀다.

"뭣하냐! 상수야? 마루에 올려 디려라. 꾸물거리지 말구. 어영, 인학이 모친 모셔 오래두."

언제 술 같은 걸 마셨냐는 듯 쩌렁쩌렁했다.

이삿짐은 끝도 없었다. 마루에 놓을 자리가 없자 헛간에다 쌓았다. 헛간도 차자 안방에 들였다. 이불장을 열어 제키더니 마구잡이로 쑤셔 넣었다.

"하! 이런 날벼락이… 살다 살다, 이 일을 어쩐댜…"

경대를 밀쳐내고는 거기다 물 먹은 보릿자루를 올려놓던 이종만이 기어이 고개를 떨어뜨렸다. 코를 힝, 풀었다. 콧물이 발등에 떨어졌다.

맨발이었다.

5부

마을 배

이몽구가 송정에 사는 이장수를 만난 건 그의 집 앞이었다.

이몽구 역시 동네 일로 여기저기 돌아다니다 이제야 오는 길이었다. 그들은 사촌 형제 사이로, 이장수가 형뻘 되었다.

시루섬엔 이 씨와 김 씨가 많이 살았다. 그중에도 김 씨가 집성촌을 이루다시피 했고, 다음으로 이 씨가 번성했다. 두 집안이 세를 나눴으므로 알력이 있을 법도 한데 실은 그렇지 않았다.

손바닥만 한 동네에서 혼인이 잦다 보니 어지간하면 다 인척 관계로 얽혔다. 손가락 두어 번만 꺾다 보면 친척 아닌 집이 없고 인척 안되는 집이 없었다. 더구나 같은 성씨끼리야 촌수가 멀고 가깝고 할 뿐이지, 다 같은 일가를 이루고 살았다.

성질 급한 이장수가 못마땅한 표정을 지었다.

"자넨, 쿨럭쿨럭! 이 시급한 시국에 어딜 다닌겨?"

쉰 목소리에 잔기침까지 섞여 있어 정신 차리고 들어야 했다. 또 잘못 허투루 들었다간 경을 칠 것이다. 이장수의 성질을 누구보다 잘 아는 이몽구였다. 귀를 열고 고개를 끄덕여 보이자 답답하다는 듯 인상을 찌푸렸다.

"관에다 신고는 혔어? 섬이 통째로 떠내려가는구먼, 무신 방도를 세워야지! 사람 목숨이 경각인디 그냥 보구만 있을 거냔 말여!"

아차 싶은 이몽구가 집안으로 뛰었다. 지선오에게 이장을 넘겨주긴 했어도 행정 전화는 아직 자신의 집에 있었다.

군청에 전화를 걸었다. 자석식 전화로, 발전기 돌리듯 손잡이를 몇 번씩 돌려야 신호가 갔다. 신호가 가면 그 신호를 우체국 교환수가 받아, 어디로 통화할 거냐고 물었다.

군청이라고 하자 교환수가 군청 연결점에 통화 핀을 꽂았다. 군청에서도 교환원이 따로 있어, 해당 부서를 일일이 연결해 주었다. 발전기 돌리듯 전화기에다 신호를 보내고 두 번의 교환을 거쳐, 간신히 연결된 전화선에선 찌지직, 하는 잡음부터 들렸다.

"머라구유? 시루섬이라니께 시루섬! 증도리! 다 떠내려가 죽을 판에 상황은 무신 상황!"

이몽구가 소리부터 꽥 지르자 저쪽에서도 다급하긴 마찬가지인가 보았다. 지직거리는 전화통에다 대고 그가 다급하게 외쳤다. 마을이 다 떠내려간다! 도망갈 곳도 없다. 어떻게든 주민들부터 살려달라! 전화통이 뚜뚜 하더니 끊어졌다.

명매기 콧구멍만 한 수화기를 냅다 집어 던진 이몽구가 한숨을 푹 쉬었다.

그가 전화기 코드를 빼서는 이장수에게 건넸다.

"전화긴 왜?"

"나라 재산이잖유. 다른 건 몰라두 이건… 형님네 집에다 간수 좀 해줘유. 군청 거기두 난리데유. 침수 직전이라구."

검정 전화기를 받아든 이장수가 핏대를 세웠다.

"걸 가만둬! 지들이야 피난 갈 데라두 있지. 우린? 하늘로 날아가? 헬기라도 띄워 달라구 혀! 저 사람들 저러다… 걷지도 못하는 저 노인네들 눈에 안 뵈냔 말여!"

전직 이장이 무슨 죄가 있을까마는 하도 속이 터지니 넋두리 삼아 해보는 말이었다. 이장수가 울컥 피를 토하자 이몽구가 그의 어깨를 토닥였다.

"성님도… 성님 걱정이 먼저요. 성종이 안전하다곤 하지만 그래도 가봐유. 형수 걱정도 좀 하고."

그때 1반 반장으로 있는 김연수가 나타났다.

"자네가 여긴! 아랫말은 어쩌고?"

이몽구와 이장수가 누가 먼저랄 것도 없이 물었다.

"아직은 견딜 만혀. 중환이나 수환이네만 좀 바쁘지. 아랫말 짐은 우리 집으로 올려보냈어. 설마 우리 집까지야 올라고."

"그래도 그렇지. 아랫말이나 신경 쓰지, 여까진 뭣 하루…"

"배 묶어놓고 오는 길이여. 웃말은 어쩐가 궁금해서 와 봤는데 이게, 어디… 난리도 아니구먼. 병자년 그때 물난리는 난리도 아닌 겨."

"긴 말할 거 없이, 어서 내려가유. 참 성님도 같이 내려가 도와줌 고맙겠는디."

이몽구의 말을 이장수가 받았다.

"도와주고 말고가 어딨나? 그게 뭔데?"

"배쥬. 묶어놔서 될 일이 아니구. 어디 높은 데다 안전한 데루 끌어다 놔야 맘이 놓일 거 같은데."

"그렇지! 배지, 배여! 가세. 어여!"

이장수가 김연수를 떠밀 듯 앞세웠다.

이몽구가 잠깐 서 있는 기척이 보이자, 버릇처럼 이장수가 호령했다.

"동상은 어여 들어가지 않구! 물 봐 물! 저기 집 넘어가는 거 안 보여? 신작로 길 맥히면 그땐 도망도 못 가. 어여 짐 싸! 우리 집으로 내뺴."

구판장을 지나는 길에 오재우를 만났다. 원탁을 비롯한 아들 4형제를 앞뒤로 세우곤 리어카를 끌었다. 앞서가던 소가 뜸베질을 해대자 오천탁이 코뚜레를 우겨 잡았다.

목이 쉰 이장수 대신 동년배 되는 김연수가 오재우 앞으로 나섰다.

"자네 집도 난린가?"

"우리 집뿐임 다행이게. 동진이넨 벌써 결딴났고 장하네도 간당간당 혀. 본강 쪽은 가망 없지, 싶어. 고대에 사는 자네가 부러우이. 그러고 본 게 송정, 고대 사람들만 모였구먼."

"부럽긴. 물이 어디 길 따라서만 댕기는 줄 아나. 천장이고 구들이고 엉망이긴 마찬가지구먼. 그래도 짐 묶어둘 기둥뿌리는 성한께 우리 집으루 가. 천지가 개벽할망정 우리 집까지야 어쩌지 못할 테니. 장하 그 사람 보거든, 거도 얘기햐. 여게저게 끌고 댕기느라 헛심 빼지 말구, 직방 우리 집으루 가라구."

그러나 어찌 알았겠는가. 그 높게만 보이던 김연수의 집도 몇 시간을 버티지 못하고 휩쓸려갈 줄을.

그래서 본강 쪽 사람들, 즉 지금 만난 오재우, 이장하, 송기남, 김영배 노인 등은 짐을 두 번 옮겨야 했다. 김연수의 집에 물이 들자 어쩔 수 없이 다시 이종만이나 이장수 같은, 제일 높은 물탱크 쪽으로 옮겨놓을 수밖에 없었다.

그러나 말이 두 번이지, 어찌 그게 쉬운 일이었을까.

이불 보따리 몇 개라도 짐은 짐이었다. 그걸 다 통째로 옮길 수는 없었다.

시퍼런 독기를 문 물살이, 여차하면 사람 목숨도 앗아갈 태세였다. 기와집이고 너와집이고 건조실이고 뭐고를 가리지 않고 한입에 꿀꺽 삼키는 수마였다. 거대하고 위험하기 짝이 없는 수마 앞에서 인간이 무엇을 할 수 있겠는가.

맞서서 될 일이 아닐뿐더러 그럴 용기도 없었다. 몸 하나 빼내오면 그나마 다행이었다.

한 번 옮겨놓은 짐 보따리였다. 끌러보고 자시고 할 새도 여유도 없이, 그냥 이불 짐에 옷가지 몇 벌 넣어 오는 게 가지였다.

그것도 젊은 사람들 얘기지. 칠십이 넘은 김영배 같은 노인들이야, 뭘 가져오기는커녕 한숨 섞인 눈물 몇 방울이나 떨구고 오는 게 전부였으니.

오재우를 자신의 집으로 올려보낸 김연수가, 이번엔 이장수를 채근했다.

"가세! 이 사람. 어째 몰골이 말이 아녀. 심환이라도 도졌는가?"

이장수의 가슴이 깨질 듯 답답했다. 그러잖아도 어질어질한 마당에 물살까지 요동쳤다. 온 세상천지가 빙빙 돌아가는 듯 어지러웠다. 뜨다만 수제비 국물이 간절했다. 그래도 가야 했다.

배였다. 밖으로 나갈 수 있는 유일한 수단 아닌가. 막말로 이 섬이 묻힌다면 동네 사람들이 의지할 건 배 말고는 없었다.

어디라 할 것 없이, 온 나라가 수해로 몸살을 앓고 있었다. 모래밭 섬 한가운데 버려진 이 무고한 인명들을, 누가 있어 신경을 써 줄 것인가. 믿을 건 자신들뿐이었다. 어떤 희생을 치르더라도 배만큼은 지켜야 했다.

많이 타면 스무 명은 건질 것이다. 왕복하면 마흔 명… 어린 애들만이라도 구해야 할 것 아닌가.

김연수가 이마를 긁었다. 높은 데로 옮겨놓을걸…. 배를 묶어둘 게 아니라 아예 좀 높은 곳으로 끌어다 놨어야 하는 건데. 하필 고 때 물이 들 건 뭐람.

나루터 근처에는, 김중환과 김수환은 사촌 형제로 길을 나눠 살았다. 그 두 형제를 불러내서는 배를 묶을까, 높은 곳으로 옮길까 재고 있는데 둑이 터졌다. 거지반 허물어진 둑이긴 했어도 풀 무성한 여름엔 그래도 제법 봉긋하니 제방 시늉은 냈다.

그들이라고 동네 배 귀한 줄 모르겠는가. 팔을 걷어붙이고 따라나서던 두 형제가, 혓바닥을 길게 빼문 물살이 제방 여기저기를 넘실거리자, 고만 발걸음을 딱 멈췄다. 저 물살이 제방만 넘었다 하면 자신들 집이었다.

둑 높이나 마당 높이나 매한가지였던 김중환이나, 노상 뒷물 걱정에 시달리는 김수환이나 물이 겁날 건 당연했다.

두 사람을 집으로 돌려보내고는, 혼자 힘으로야 그 큰 배를 어쩌지 못해 두세 겹 묶어놓기만 했었다. 그게 오늘 아침나절 일이었다.

그 한나절 사이에 물은, 어른 키보다 높게 솟구쳐 올랐으니. 평상시라면 혼자서 어떻게 해본다지만 이런 물에선 둘이 합쳐도 힘들었다.

철선이었다. 길이만 해도 10m가 넘었다.

한 사람이 노를 저어가면 또 한 사람은 삿대로 물길을 내야
했다.

누구 하나쯤 더 데리고 가면 좋겠는데 하는 생각이 들 때 마
침 상고머리가 나타났다.

박동순이었다. 그가 김연수 일행을 보자 거수경례를 했다. 제
대한 지 불과 넉 달 남짓이었으니 제식 인사가 몸에 밴 탓이었
다. 뒤엔 그의 동생 박동식이 리어카를 끌고 있었다. 빈 리어카
였다.

"동식이하구 물 구경 나왔다 지홍일 만났어유. 갸들 할머니네
이삿짐 옮긴다고 하길래, 거들어주러 가는 길이구먼유."

조금 있자 김지홍이 나타났다. 그 역시 박동순과 같은 상고머
리였다. 여름방학 동안 기를 쓰고 길렀던지 머리숱이 제법 수북
했다. 팽팽한 나이답지 않게 어깨가 처져 보였다.

그가 김연수와 이장수를 보자 꾸벅 인사를 했다. 중학교 3학
년인 김지홍에 비해, 김연수는 아버지뻘이었고 이장수 역시 열
몇 살, 한참 위였다.

"지홍이네 할머니라면 수환이네 아니냐? 거기까지 왔어? 이
거야, 지랄이다! 그래 이사는 다 했냐? 그럼 중환이넨? 벌써 찼
어? 이거야 원, 먼 눔의 물이 어사 홍두깨도 아니고."

어디서부터 대답해야 할지 몰라 셋이 멍해 있자, 이번엔 쉰

목소리로 이장수가 나섰다.

"이사도 이사지만 배부터 옮겨놔야겠다. 지홍이 넌, 리어카에다 석유지름하고 밧줄 있는 대로 구해서 오고."

나이 어린 김지홍을 심부름 보내고, 그들이 간 곳은 나루터였다.

물은 김중환네 처마 끝에서 너울거리고 있었다.

물살을 정면으로 맞는 웃말과 달리, 아랫말의 물은 역류이긴 해도 유순한 편이었다. 웃말 물은 노도처럼 사납게 덮쳐오는 데 비해, 아랫말 물은 구렁이 담 넘어오듯 야금야금 솟구쳐 올랐다.

김중환의 집이 그나마 버티고 있는 건 다소 누그러진 물살 때문이었다. 웃말 같았으면 무너져도 벌써 무너졌을 집이었다. 그나마 초가여서 당장 주저앉을 것 같지는 않았다.

다들 수영에는 자신이 있었다. 더구나 박동순은 군대를 해안부대에서 보냈으니 큰물도 탈 줄 알았다.

그들이 막 배 근처에 가려는데 뭔가 시커먼 물체가 물탕을 튀기며 괴성을 지르고 있는 게 아닌가.

돼지였다. 돼지우리에 있던 돼지들이 시뻘건 강물 속에서 허우적거리고 있었다.

다행히 배를 묶어둔 곳은 조용했다. 본강의 물과 샛강의 물이 합쳐지는 합수머리였다. '붕어떡거리'라는 지명이 말해주듯 물은 선 채로 뱅뱅 돌기만 했다.

연장자인 김연수가 삿대로 물길을 트자 이장수가 노를 저었다.

뱃전에 붙은 박동순 형제가 힘껏 밀어내자 철선이 움직였다. 물길을 잘 아는 김연수가 연신 삿대를 움직였다. 자칫 급물살에 휘말렸다간 아랫나루(하진)나 거북꼬리(구미) 어디쯤으로 떠내려가기에 십상이었다. 힘이 빠지고 손바닥에 물집이 잡혔지만 하나밖에 없는 생명선이었다.

이장수 일행이 샛강 쪽 아름드리 소나무에다 배를 맸다. 소고삐는 약할 것 같아 우마차용 바를 두 겹으로 묶었다. 아름드리 소나무가 떠내려가지 않는 한 배가 유실될 일은 없었다.

김지홍이 들고 온 밧줄과 기름통을 실었다. 불쏘시개가 필요할 것 같아 장작 한 아름과 곽 성냥까지 챙겨놨다. 누가 갖다 놓았던지 보리쌀 자루도 보였다.

배를 묶으려는데 김연수가 자리를 떴다. 눈이 침침한 건지 물너울에 가려져 보이지 않는 건지, 있어야 할 집이 보이지 않았다. 물탱크를 머리맡에 둔 집이었다. 지붕이 좀 부실해서 그렇지 높기로 말한다면야 동네에서 몇째 안 갔다. 그런 집이 보이지 않다니!

김연수가 가자, 박동순도 나섰다. 둘 다 알몸뚱이에 팬티 바람이었다.

"아저씨 우리도 가봐야겠네유. 물 구경 간다구 해놓곤 여적 있었으니 집에서두 찾는다고 난릴 거구먼유."

알록달록한 수영복 팬티 바람으로 박동순이 뛰자 동식도 뒤따랐다. 본강 사는 김지홍만 남아, 이장수가 배 묶는 걸 도왔다. 배를 다 묶고 나자 이장수가 김지홍을 쳐다봤다.

"너두 이젠 가 봐야지?"

멍한 표정으로 김지홍이 이장수를 쳐다봤다. 마주 보던 이장수가 허허, 웃었다. 집 나서서 처음 웃어보는 웃음이었다. 좋아서 웃는 게 아니라, 하도 어이가 없다 보니 헛웃음이 나온 거였다.

시루섬 어디를 둘러봐도 집이라곤 보이지 않았다. 이장수 자신이 사는 물탱크 주변의 몇 집 말고는 죄다 떠내려간 마당에, 김지홍이 갈 데가 어디 있을 것인가.

"가자! 성종으로."

6부

물탱크 위에서

집에 도착해서 마을 내려다본 이장수가 그만 입을 딱 벌렸다.

이럴 수가! 어찌 이럴 수 있단 말인가!

보이는 건, 물뿐이었다. 사방 어디를 둘러봐도 물이었다. 물도 그냥 물이 아니라, 시뻘건 황토물이 미친 듯 악을 써댔다. 세상의 물이란 물은 시루섬을 향해 몰려들고 있었다.

여기라고 언제까지 안전할 것인가.

섬의 꼭대기는 고원을 형성하고 있었다. 평평했다. 평평한 고원 한가운데가 송정이라 불리는, 소나무 숲이었다.

한 3백 평쯤 될까.

물탱크를 가운데 두고, 본강 상진리 쪽으로 형님 되는 이장열 집이, 그 아래쪽에 자신의 집이 있었다. 반대편 샛강 쪽으론 김종민네가 살았다. 길 건너, 가장 높은 곳에 이종만이, 한 담 아래에 김대종네 집이 있었다. 한 담이라고 했으니 애들 키 높이 정도였다.

그 아랫길로 들어서면 김연수, 이해주, 박현철의 집이 들어서 있었다. 섬에서는 송정 다음으로 높은 집들이었는데 거기까지도 물이 차올랐는지 어수선했다.

마당으로 들어서니 이삿짐으로 빡한 틈이 없었다. 마루고 방이고 빈자리 하나 없이 들어찼다.

뭐가 누구 것인지도 모르게 뒤죽박죽이었다. 어느 물건 하나

손때 묻지 않고 애틋하지 않은 것이 있을까 마는, 피난살이 이삿짐이었다. 손에 잡히는 대로 싸고 눈에 띄는 대로 넣어야 했다. 목숨이나 건지자고 도망쳐 나온 판국에 이만치가 내 것, 저만치가 네 것 하며 가름해 놓을 여유도 없었을 것이다.

난장판에다 전쟁터가 따로 없었다.

안채 곁에 딸린 마구간으로 갔다.

몇 년 전까지 소를 키웠으나 건강이 좋지 않아 비워 둔 곳간이었다. 동네 사람들이 가져다 놓은 담배가 빼곡했다.

목숨보다 귀한 담배였다. 식구들 양식이 거기서 나왔다. 그걸로 애들 학비도 대고 농사자금도 마련해야 했다.

비에 젖었건 말건 누런 황금색이 오지게도 고왔다. 단마다 새끼줄로 어찌나 단단하게 묶어놨던지 금강야차가 와서 가져가려 해도 꿈적 않을 것 같았다. 그 고운 황금색이 오늘따라 처연해 보였다. 어린 자식새끼보다 저걸 먼저 짊어지고 왔을 그 심정을, 시루섬 사람이 아니면 누가 알 것인가.

차라리 곱지나 말든지, 단단히 매어놓지나 말든지….

죄 없이 형틀에 묶인 무고한 수인을 대하듯, 코를 힝! 푼 이장수가 마구간을 나서려다 멈칫했다.

뒷마당에서 비명이 들려왔다. 큰딸 정옥이었다. 양손에는 닭 한 마리씩 쥐어져 있었다. 봉당에 걸터앉아 보따리를 싸고 있던 그의 아내 유금옥이 그녀를 감싸 안자, 일곱 살짜리가 하얗게 질린 얼굴로 말을 더듬었다.

"뱀, 뱀이!"

"뱀? 뱀이 왜?"

"뱀…."

어린 딸이 뱀만 찾았다. 아마 뱀에게 놀래도 많이 놀란 것 같았다. 촌에 살다 보면 심심찮게 맞닥뜨리는 게 뱀이었다. 단순히 뱀 때문에 저렇게 놀랄 아이가 아니었다.

피난 가기 전에 가축들도 챙겨야 했다. 가축이라고 해봐야 댓마리 닭이 전부였다. 목숨이 어디 사람한테만 있다던가. 닭이라고 목숨 귀한 줄 모를까.

피난 갈 눈치가 있자 병아리 때부터 데리고 다니던 큰딸이 먼저 나섰다.

"엄마, 닭장에 닭은?"

"맞어! 닭도 있었지. 그래, 정옥이 니가 가서 잡아 온나."

그렇게 된 것인데 뱀에 놀라 벌벌 떨고 있지 않은가. 그녀 어머니가 정옥의 등을 토닥토닥 두드리며 안심을 시켰다.

"뱀이 더 놀랬겠다. 그래 뱀 땜에 닭을 다 놓쳤냐?"

정옥이 고개를 끄덕이더니 더듬거렸다.

"뱀이… 우리 집으로 오다 말군, 도망갔어. 쥐들이 막 쫓아가."

토닥거리던 손을 내려놓으며 그녀가 피식 웃었다.

"암만 시연찮아두 그렇지, 쥐한테 도망가는 뱀도 있단? 됐다! 닭이고 뭐고 짐부터 싸자. 뱀이 도망가는 게 아니라 미리 알고 피해 가는 거여. 뱀도 못 살겠다고 가는 집인데 우리도 언능 뜨자."

말은 그렇게 했어도 사실, 어디 피해가고 싶어도 갈 데도 없었다.

이장수의 집은 섬에서 가장 높은 곳에 있었다.

이삿짐과 사람들로 아수라장인 이곳이 마지막 피난처인 셈이었다.

짐도 짐이었지만 더 중요한 건 사람이었다. 바위고 언덕이고 좀 빤하다 싶으면 사람들로 빼곡했다. 시루섬 온 동네 사람들이 모두 몰려왔으니 그럴 수밖에 없었다.

고삐 풀린 소들이 워워, 울었다. 소들이 울 때마다 아이들도 따라 울었다. 젖 달라고 칭얼거리고 배고프다고 떼를 썼다. 어른들도 마찬가지였다. 눈물을 보이지 않는다뿐이지 속은 터지고 가슴이 미어졌다. 물속에 가라앉는 집채를 보면서, 물살에 떠내려가는 밭뙈기를 보면서.

시집올 때 친정어머니가 넣어준 색동옷도, 오라비가 챙겨준 고무신도, 볕 좋은 말 날(午日)만 가려 담은 장 단지도, 재티 날아들기 무섭게 행주로 싹싹 닦아내던 부뚜막도, 다 떠내려가고 있잖은가.

뒤뜰 감나무는 어디로 갔는지. 내가 죽거든 이걸로 제상을 보라던 시아버지. 열 몇 살에 시집와서, 감나무의 감처럼 올망졸망한 시누이들 틈바구니에서 고생할 때, 그래도 말 한마디 다정하게 해준 분은 시아버지였던 것을….

어찌 그 눈물이 애들뿐이고 아낙네뿐이고 노인네뿐일까.

다들 손을 놓은 채 이러지도 저러지도 못하고 있을 때, 서낭당 쪽으로 이어진 둔덕에서 우당탕, 하는 소리가 들렸다. 떠내려가도 벌써 떠내려갔을 서낭당인데 무슨 소란인가.

사람들 눈이 그쪽으로 쏠렸다.

소가 뛰었다.

다른 소들은 다들 얌전히 워워 거리고만 있는데, 유독 엇부루기 송아지 한 마리가 천지각을 내두르며 날뛰고 있었다.

"허! 저눔의 소가 저게 또…."

"미쳤구먼. 공수병에라도 걸린 가 벼. 뉘네 소유?"

등에 업은 어린 것을 토닥이며 젊은 아낙이 묻자, 시어미쯤 되는 여인이 답했다.

"저게… 최가네 소라지. 자넨 모르나?"

"최가네라믄 병오네유?"

"그렇담."

"소나 사람이나 저런 걸 우째 키운댜? 팔던지 개울 해야지."

"그럴라고 혔지. 혔는데 용하단 사람이 이러드래. 허 복덩이구먼! 그러자 복은 무신 복. 맨날 사고나 치는 두통거리요, 했더니 그 용하단 사람이 또, 이러드래. 뭘 모르시는 말씀, 아니올시다. 이 집에 두통거리나 우환은 저 축생이 다 짊어지고 있는 중이오. 이 집 식구들한테 들 우환을 대신 짊어지고 있으니, 이 얼마나 큰 다행이며 복덩이겠소, 하더래"

"그래서요?"

"그래선 뭘! 보구 선두 몰라? 저렇게 나대고 있는 거."

곁에서 듣고 있던 사람들이 웃었다.

이 막막한 처지에 웃음이라니!

그래도 나오는 웃음이었다. 그래, 죽고 사는 게 어디 내 맘대로 되겠나. 죽기 전에 실컷 웃어나 보고 죽자, 하고 새댁이 크흡, 웃었다.

"어쩨 그리 잘 안대유. 넘에집 일을."

"웬걸. 온 동네가 파다햐. 자네만 모르지."

아낙네들 소곤거리는 소리를 넘겨듣던 이장수 역시 쓰게 웃었다.
두통거리가 아니라 복이라….

그가 물탱크를 올려다봤다.

그러더니 마당을 성큼 나섰다. 한숨만 놓고 있을 순 없는 일이었다. 물만 바라봐 봤자 낙담만 깊어질 뿐 어떤 도움 될 리도 없고.

수위는 점점 높아지고 있었다. 마당이 흥건했다.

더는 어디로 피해갈 곳도 없었다.

올무에 걸린 짐승이었다. 어망에 갇힌 물고기 신세 아닌가.

흘러가는 물이 아니라 성난 파도였다.

한숨 내쉴 때마다 딱 그만큼씩 물은 덮쳐왔다. 대로변 한길까지 넘어온 강물이었다. 거기서 그만 딱, 그쳐줬으면 좋으련만 그러나 그럴 것 같지 않았다.

이장수가 다시 물탱크를 올려다봤다.

아내의 말이 귓전에 울렸다. 뱀도 못 살겠다고 피해 가는 집….

어디 우리 집뿐일까. 건너편 종민이네도 그렇고, 옆집 형님네도 그렇고, 결국은 다 묻힌다는 얘기 아닌가. 뱀이 양설(兩舌)의 미물이긴 하지만, 가는 길까지 속이진 않을 것이다. 그렇다고 하늘로 오를 수도 없는 노릇이고….

그래, 저기뿐이다. 저기…, 물탱크뿐이다.

이장수가 이장을 찾았다.

당시 이장은, 전 이장과 현 이장 둘이 있었다.

현 이장 지선오는 애곡에서 건너온 젊은이였다.

반면, 이몽구 전 이장은 토박이였다. 젊은 나이인데도 생각이 깊었고 화목했다. 신실한 성품에 부지런하다 보니, '자네 아니면 할 사람이 없다'고 해서 내리 7년씩이나 마을 이장을 보아온 터였다. 동네에 사람이 없는 것도 아니고, 딱 한해만 쉬겠다고 해서, 간신히 이장 자리를 내놓은 그였다. 이몽구의 나이가 올해로 스물여덟이니 갓 스물부터 동네 일을 보아온 셈이었다.

그러다 보니 다들, 이장하면 이몽구로 알고 있었다. 지금 이장수가 찾고 있는 이장 역시 이몽구였다. 한집안 동생으로 만만하기도 했다. 이몽구가 나타날 기미가 없자 보조 탱크 위로 올라가서는 손을 흔들며 호명했다.

"이장! 몽구 이 사람, 어딨어! 이장을 찾어! 다들 이장을 찾어봐!"

이몽구가 낫을 들고 나타났다. 소를 풀어주고 있었던지 그의 손엔 낫과 고삐 한 묶음이 쥐어 있었다.

"사다리가 있어야겠어. 물 봐! 이거 이러단 꼼짝없이 당혀! 어여 사다리 좀 구해 와!"

숨이 넘어갈 듯한 이장수의 다급한 외침에, 이몽구가 어디랄 것도 없이 뛰었다.

마침 바로 옆에 김종민네 건조실이 있었다.

벽체에 세워진 낙엽송 사다리가 보였다. 좀 낡아 삐거덕거리긴 했지만, 이것저것 가릴 계제가 아니었다.

물이 허리춤을 뱅뱅 돌았다. 무섭다거나 겁을 낼 경황도 아니었다. 온 마을 사람들의 생사가 걸려있다고 생각하니 물속이 아니라 지옥불에라도 뛰어들어야 할 판이었다.

빗물을 흠뻑 먹은 사다리가 요지부동이었다. 자맥질하다시피 하면서 사다리 아랫부분을 번쩍 들었다. 돌 틈에 박혀있던 사다리가 가까스로 떠올랐다. 어른 키 서너 배는 됨직했다.

그 사이, 이장 지선오가 청년들과 달려왔다. 앞뒤에서 들고 뛰었다.

뉘어 놓았을 때는 길어 보였는데 세워놓고 보니 물탱크에 못 미쳤다. 놓을 데를 찾던 이장수가 보조 탱크를 가리켰다. 사각형의 시멘트로 된 보조 탱크는 물을 정화하기 위해 땅속에 설치한 것이었으나 땅거죽도 세월에 씻겨, 언제부턴가 땅 위로 드러나 있었다.

"올려!"

청년 둘이 이장수 곁에 섰다. 보조 탱크 위에 사다리를 세웠다.

모여 있던 사람들이 우르르 물탱크 있는 곳으로 몰려왔다.

어린 것을 앞세우고, 조막덩이 갓난것은 등에 업혔다. 앞에 딸린 것들이 제 어미 치맛자락을 잡고 칭얼거렸다. 코흘리개 어린 것들은 그래도 컸다고 얌전했다. 겁먹은 표정으로 어른들이 뭘 하나 보고 있기만 했다.

연로한 노인들은 자식들 손에 끌리다시피 서 있었고, 조금 멀찍이서 젊은이들이 분주히 움직였다.

시끌벅적한 대중 사이를 뚫고 누군가 소리쳤다.

"찬찬히 한 사람씩 혀! 애들부터 보내고!"

그에 호응하듯 물탱크 위에서 카랑카랑한 목소리가 울렸다.

"저쪽 잠업 연수생 처자들! 마을에 온 손님들이여, 외지인들 안 다치게. 먼저 올려보내!"

이장수였다.

물탱크 꼭대기에서 사다리를 잡고 올라오는 사람을 부축하고 있었다.

아이들 딸린 여자들이 먼저 사다리에 올랐다.

물 먹은 사다리라 미끄러웠다. 각목으로 덧댄 곳이 삐거덕거렸다.

밑에선 빨리 올라가라 호통치고, 위에선 조심하라고 또 호통이었다. 마음만 급했지, 발걸음이 떼이질 않았다. 위를 쳐다보면 가물가물했다.

여자 혼자 오르기도 겁날 판에 아이들까지 딸렸으니.

갓난것을 업은 포대기가 자꾸만 흘러내렸다. 손에 딸린 어린 것은 도리질로 뒷걸음질만 쳤다. 뒤에서 엉덩이를 밀었다.

그래도 노인들은 좀 나았다. 힘에 부치긴 했지만 별 사고 없이 올라갔다.

잠업 연수원 아가씨들이 올라왔다.

물탱크 위에 있던 이장수가 손을 쭉 뻗었다. 그가 잡은 것은 올라오는 아가씨의 손이 아니라 짐 보따리였다. 짐을 받아주려는가 싶었는데 그게 아니었다. 짐을 받자마자 땅바닥 아래로 내던지는 게 아닌가.

"짐은 놔두고 오시오! 사람이 먼저요!"

그랬다. 물탱크라고 해봐야 지름 5m였다. 평소 같았으면 열 명만 들어서도 코가 닿을, 그런 좁디좁은 공간에 동네 사람 전부가 올라가야 했다. 물탱크 말고 더 높은 곳은 없었다. 피할 곳이란 여기 말고는 없는 것이다. 바닥에 있으라는 건, 물에 떠내려가 죽으라는 얘기였다. 미어터지든 다리가 부러지든, 무슨 수를 써서든 다 올라가야 했다.

사람들이 사다리를 타고 올라가는 사이에도 물은 계속 불어나고 있었다.

본강 쪽 집들은 전부 가라앉거나 떠내려갔다. 마른 땅이라곤 물탱크 주변뿐이었다.

한동안 정신없이 사람들을 올려보내고 있는데 사다리 한쪽이 우지끈했다. 낡은 사다리였다. 워낙 많은 사람이 오르내리자 각목으로 덧댄 곳이 부러진 것이다.

다행히 건너다보이는 곳에 건조실이 또 있었다. 이종만네 집이었다.

건조실이 있으면 사다리도 있게 마련이었다. 건조실 천장에다 담뱃잎을 엮어 걸자면 그만한 높이의 사다리가 꼭 있어야 했다.

그쪽을 건너다보자 사람들이 눈에 띄었다. 다급한 김에 고함을 질렀다. 더벅머리가 뛰어나왔다. 그 집 아들 이상수였다.

"사다리!"

앞뒤 뚝 잘라먹었는데도 이상수가 말귀를 알아들었는지 사다리를 어깨에 꾀고는 질질 끌고 왔다. 깎아 맞춘 지 얼마 안 된 새것이었다. 튼튼했다.

어린애들과 부녀자들을 안쪽에 세웠다.

노인들도 섰다. 앉으라고 해도 못 앉아있을 판이었다. 콩나물시루보다 더 비좁았다. 밟혀 죽지 않으려면 서 있는 수밖에 없었다.

옷이 젖다 보니 움직일 때마다 쓰라렸다. 처음 올라와선 그래도 몸을 비틀고 다리 정도는 구부릴 수 있었는데 시간이 갈수록 비좁아졌다. 나중에는 몸을 움직이기는커녕 두 팔까지 위로 치켜세워야 했다. 모든 사람이 벌을 서듯 두 팔을 올렸다.

여기저기서 "아이구, 나 죽네!", "엄마얏!" 하는 비명이 들렸다. 두 팔을 든 채 고개를 젖히자 하늘이 보였다.

언제부터였나? 비가 그쳤다. 그러나 빗줄기보다 더 혹독한 시련이 시시각각 밀려왔다. 어둠이었다.

물탱크 한가운데를 중심으로 어린아이들과 부녀자들, 노인들이 올라오는 순서대로 빙 둘러섰다.

이불 보따리에 솜뭉치 욱여넣듯 짜고 보니 거지반 올라왔다.

다섯 평 체 남짓한 그 좁은 공간에, 얼추 잡아도 이백여 명이 넘는 사람들이 들어섰으니 위험했다. 안쪽에 선 사람들은 숨도 못 쉴 정도로 답답했다. 그래도 안쪽은 참으면 되었다. 바깥이 문제였다. 둥글게 돌아간 가장자리엔 벽은커녕 썩은 새끼줄 하나 없는 허방 아닌가.

딱 들러붙어 한 덩이로 서 있는 사람들이, 어디 한쪽으로 쏠리거나 밀쳐지기라도 한다면 산사태가 나듯 물속에 빠질 것은 뻔했다. 생각만 해도 아찔했다.

맨 나중 올라온 젊은 새마을 대원 하나가 가장자리 쪽에 서 있는 젊은이들을 향해 소리쳤다. 3년 전부터 시작된 새마을운동은 들불처럼 전국으로 번졌다. 국가적 시책이기도 했지만, 주민들 스스로가 '우리도 한번 잘살아 보자'라는 각오가 대단했다.

붊은 이 섬에도 번져와, 새마을운동이 한창 번지고 있을 때였다.

"자신이 생각해서, 힘 좀 쓴다는 사람은 밖으로 나와! 저기, 팔복이? 나처럼 이렇게!"

숫기 없는 시골내기들이라 평소 같았으면 뒤로 물러났을 텐데 이번에는 성큼 나섰다. 나선 청년이 물탱크 맨 가에서 밖을 향해 서자, 그 곁으로 젊은이들이 쭉 돌아섰다. 잇댄 사람끼리 양팔을 꺾쇠 모양으로 끼었다.

한 사람이라도 더 서야 했다. 동네의 젊은이들이 다 나왔다. 울타리였다. 아니 여느 시시한 울타리가 아니라, 강인한 건각들이 버티고 선 울타리였다.

수마의 기세가 아무리 험악하다 해도 어찌 그들의 결의를 넘겠는가.

노도같이 밀려드는 물살 앞에서 그들의 결연한 의지는 단 하나였다. 내가 저 수마에 휩쓸리고, 이 스크럼이 끊어져 떠내려간다 해도 내 가족, 이웃들만은 지켜내고야 말겠다는 각오였다.

젊은이들이 물탱크 주변을 에워싸고 방벽을 만들자 든든했다. 보통 든든한 게 아니었다.

사람들은 알 것이다.

한겨울, 허접한 문풍지 한쪽이 황소바람을 막아준다는 것을. 세 칸짜리 초가일망정 사립문만 달아놔도 고래 등 같은 기와집이 부럽지 않다는 것을. 그런데 어디, 문풍지며 사립문에 댈 것인가.

젊은이들이었다. 심장이 끓고 수족이 강철 같은 건각들이었다. 그들이 죽기를 각오하고 자신들을 지켜주고 있지 않은가. 수마가 아니라 두억시니가 몰려온다 해도 두렵지 않을 것 같았다.

동네 젊은이들이 방벽을 짜고 있을 때, 멀리 상진 쪽을 바라보고 있는 이가 있었다.

이장수였다.

그 곁에 소나무 숲이 있었다. 아름드리 소나무 숲은 마을의 상징이었다. 시루섬이 어딘지는 몰라도 송정(松亭)이라면 모르는 사람이 없을 정도로 유명했다. 기세 좋게 하늘을 찌르던 소나무였다. 북풍한설에도 의연하던 소나무가 미친 듯 날뛰는 수마 앞에선 저도 어쩔 수 없던지 맥이 풀렸다. 흐느적거리는 소나무 숲 너머로, 검붉은 물살이 태산이라도 집어삼킬 듯 덮쳐오고 있었다.

눈을 부릅뜬 그가 몸서리를 쳐댔다.

이대로라면 물탱크 위라고 안전할 것 같지가 않았다.

2백 명에 가까운 사람들이었다. 그 무게만 해도 얼마일 거며, 한순간도 놓지를 않고 쥐어흔드는 물살에, 언제까지 배겨낼지 장담할 수도 없었다.

이장수가 컥, 가래침을 뱉었다. 뱉어낸 침엔 가래보다 피가 더 많이 섞여 나왔다. 중대한 결심이라도 한 듯, "이장!"하고 불렀다. 마침 이몽구, 지선오 두 이장이 함께 있었다. 그들 둘이 성큼 다가왔다.

"나하고 바를 매세. 물탱크만 믿고 있다가… 저 물들 저거, 넋 놓고 있다간 개미 떼처럼 떠내려갈 판 아닌가? 도망갈 구녕은 만들어 놔야지!"

무슨 말인가, 둘이 쳐다보자 이장수가 자기 집을 가리켰다.

"송판을, 저기 소나무 있는 데까지 연결해서 다리를 만들잔 말이여! 여차하면 나무에라도 올라가야 할 거 아닌가. 뭘 꾸물거려! 팔팔한 사람들이. 우리 집에 가봐! 목재 천지여."

아닌 게 아니라, 그때 이장수네 집엔 널려진 게 송판이요 각목이었다.

소를 먹이다가 놔둔 헛간 겸 마구간이 있었다. 오래되어 낡은 거야 그러려니 해도 송아지 한 마리 돌아눕기에도 비좁았다. 남들은 잠실도 있고 건조실도 있는데 행랑 한 채 없는 게 늘 맘에 걸리기도 했다.

여름 장마나 보내놓고, 마구간을 헐든지 개축하든지 해서, 행랑채 한 칸 짓기로 작정하고는 목재를 들였었다. 기왕 짓는 거 번듯하게 지어볼 거라고, 살집 도톰하고 매끄러운 것들만 골라, 읍내에서 가져온 게 보름 전이었다. 이장수 손 큰 거야 면동에 부엉이도 아는 사실로, 웬만한 집을 지어도 남을 만큼 넉넉했다.

곳간 한가득 쌓인 담뱃단을 어찌어찌 들어내곤 목재를 빼냈다. 끈도 많이 보였다. 건조실마다 새끼요 바였으며 널려진 게 소고삐였다. 넉넉한 자재에 묶을 끈도 많았으니 일은 쉬웠다.

"기석이 아부지? 저 아래 새끼 다발 목 좀 집어줘유?"

"야, 진배야? 니 앞에 송판때기 좀 이쪽으루 밀어주라!"

급한 대로 손발이 움직였다. 물탱크에다, 장대같이 긴 어리덕을 양쪽으로 묶었다. 그 위에다 송판을 걸쳐놓은 다음, 끈으로 묶었다. 물탱크와 소나무를 연결하는 가교(架橋)가 만들어졌다. 만에 하나, 물탱크에 무슨 변고라도 생길 경우를 대비한 비상탈출로였다.

오,
이웃

7부

나무에 둥지를 엮다

김연수가 뛰었다.

동네에서는 그래도 높은 축에 드는 집이었다. 천지가 개벽하지 않는 한, 안전하다고 생각했는데…. 천지개벽! 그래, 천지개벽이었다.

김연수를 보자 집에 있던 사람들이 우르르 몰려왔다.

"왜, 아직 여기 있어? 성종, 성종으루 피해야지!"

김연수가 다그치자 부인 권복녀가 당장이라도 울 것처럼 얼굴을 씰룩였다.

"당신이 와야쥬? 가장도 없는데 어쩌 짐을 싼데유."

"당신하고 애들은 그렇다 쳐도 저기 재우이네는? 저기 저건… 웃말 순우 아녀?"

울타리 너머 서성거리고 있는 최순우를 보자, 도저히 이해할 수 없다는 듯 혀를 찼다. 연분홍 나팔꽃이 박넝쿨에 매달려 힘겨워했다.

친구인 오재우, 이장하는 이웃해 살았다. 이삿짐도 같이 날랐으니 이상할 게 없었다. 더구나 이장하는 오늘 아침, 담배 건조실 불 넣을 때 고사도 함께 올렸잖은가. 있어야 할 이장하는 보이지 않고 엉뚱한 최순우라니.

길로 보거나 사람으로 보거나 송정에 있어야 할 사람이었다.

그가 있는 집은, 잠업센터에서 멀지 않은 샛강 쪽이었다. 길로 보자면 송정을 거쳐 와야 했다. 한동네라곤 하지만 동떨어졌다. 사람으로 보자 해도 연배 엇비슷해서 말을 놓고 지내는 정도로, 호미씻이나 대동회 같은 큰일이 있을 때나 가끔 볼 정도로 데면데면한 사이였다.

피난을 가도 제일 먼저 갔어야 할 사람이었다. 그런 사람이 애들만 주렁주렁 매달고 서성거리고 있었으니. 궁금하긴 했지만, 시간이 없었다.

"얘긴 나중하고 어서 뜨세."

오재우가 그 아들들에게 들고 갈 짐 이것저것을 가리켰다.

4형제였다. 모두 장성하다시피 해서 이삿짐 나르는 데는 걱정 없었다.

"장하네하고 광주노인은?"

"나이가 좀 많나. 혼자서도 힘든데 안노인은 어쩌고…. 모셔드리라고, 장하 그 사람 먼저 올려보냈네."

"허! 이 마당에 짐은 뭔 짐이여. 물 봐, 물! 가세, 어여!"

김연수가 올망졸망한 어린 것들을 병아리 몰듯 몰아세웠다.

앞서가는 그의 처 권복녀가 자꾸만 뒤를 돌아다 봤다.

정든 집이었다.

반짇고리 하나 못 챙기고 쫓겨나오다니!

어느 것 하나 아깝지 않은 게 있을까마는 곳간에 쟁여둔 담배가 눈에 제일 밟혔다. 평년작 정도만 되었어도 덜 아까울 것인데 어쩌자고 올해 담배 농사는 근래 드물게 잘됐다. 참 오지게도 고 왔는데….

그녀의 뒷모습이 꽈리묶음처럼 올망졸망했다. 젖먹이 갓난애 는 품에 안고 젖을 뗀 것은 등에 업었다. 한 손엔 보따리를, 다 른 손엔 아장아장 걷는 고사리손을 잡았다. 그래도 둘이 남아, 아버지인 김연수가 앞세웠다.

어느 집이라 할 것 없이, 그때는 다 그랬다.

자식들이 보통 대여섯은 되었고 늙은 부모도 있기 마련이어 서, 한 집에 열 명 넘기는 예사였다. 거기다 손님이라도 들라치면 소쿠리만 한 집안이 늘 미어터졌다.

"거기 집은… 절딴 나도 벌써 났을 테고. 성종에 있지, 예까지 먼일이여? 이 난리에."

김연수가 뒤따르는 최순우 곁으로 섰다.

애들이 여섯이었다. 좀 전에 보통이라고 본 건, 보통이가 아니 라 애 업은 포대기였다. 김연수의 아내처럼 그 역시 안고 업고 했 다. 두 손 가지고도 모자라 좀 큰 애들에게는 동생들을 맡겼다. 그러고 보니 이상했다.

그의 아내가 보이지 않았다. 뭔 일이 있어도 단단히 있구나. 그 험한 진창길 마다치 않고 예까지 내려온 것 하며. 샛강 물

넘치자마자 우리 집을 찾았다면 한나절 내내 기다렸다는 말 아니는가, 날 만나기 위해서.

그렇다고 남의 집 일을 넘겨짚을 수도 없었다. 그저 최순우의 말문이 열릴 때까지 기다리는 수밖에. 김연수가 최순우의 손에 매달려가는 어린 것을 둘러업었다. 앞서던 김연수 부인의 표정이 씨광했다. 제 새낄 그렇게 챙겨보라지.

김연수 꽁무니에 붙어 어기적거리던 어린 일남이 냅다 쪼그려 앉았다.

이놈도 시샘할 줄 아는구나 싶어, 고만 허허 웃고 말았다.

"가까운 성종을 놔두구 여까진, 나한테 볼 일이라두 있는 겨? 이 난리 통에? 오호라! 그리고 본 게 애들 주렁주렁 매달고는, 혹여 자네 젖동냥 왔나?"

아무리 기다려도 최순우의 말문이 열릴 것 같지 않던지, 김연수가 농 삼아 물었다.

"물이 이렇게 급할 줄 알았나. 이만한 비도 그렇고 저거 저 물이, 정상 아닌 거여. 조선 천지 물이란 물, 죄다 끌어다 놔도 저래선 안 되는 거여."

"허이! 사람 하군. 관두세. 어서 가기나 하자구. 시방 누가 물 타령 하겠나? 조롱박 꿰차듯 매달린 애들 신세가 그게 뭐냐니까."

최순우가 남의 일인 듯 담담했다.

"딸애 산바라지한다는데 어째 말려? 애곡이 먼 길도 아니고. 불시에 들이닥친 물난리가 잘못이지."

"벌써 그렇게 됐나? 큰애가 애곡으로 갔었지?"

지난해 봄.

잔치가 있었다. 최순우 딸을 애곡으로 시집보내는 날이었다.

거나하게 취한 김연수가 집으로 오던 길. 길가에 드러누웠다. 까무룩 잠이 들었을 때, 고운 색시가 술상을 바쳐왔다. 하! 어찌나 곱던지. 취중에 마시는 술이라 그런지 꿀같이 달았다. 취한 중에 또 취하고 보니, 꿈결이 꿀 같았다. 꿈을 깬 김연수가 입맛을 쩝 다셨다. 그때 이후론 공동묘지가 무섭기는커녕 일부러라도 가끔 들러보곤 했다.

김연수가 그때 일을 상기하며 침을 꿀꺽 삼켰다.

"자네 구신 옷고름 푸는 소리 들어봤나?"

김연수의 뜬금없는 소리에 최순우가 그의 얼굴을 물끄러미 쳐다봤다.

"사람하군… 귀신은? 나락 까먹는다는 소리야 들어본 것도 같네만 그래, 귀신이 옷고름도 푸나?"

농이라고는 모르는 최순우였다. 말을 하긴 했어도 할 소린 아니었다. 김연수가 정색했다.

"다른 거면 몰라도, 딸내미 산바라지야 가야지. 그래도 그렇지 애들을 죄다 자네한테 맡겨 놓고?"

"거기 사돈네도 넉넉하지가 않아. 소쿠리만 한 집에 야들까지
북석거려 봐. 큰놈이라도 데리고 간다는 걸 내가 말렸어. 한 사
날 산모 몸조리나 잘 시키고 오라고."

철썩, 해서 돌아보면 물이었다. 뛰었다. 뛴다고 뛰었는데도 물
이 철썩, 해서 돌아보면 뒤에 바투 달라붙어 있었다. 찰거머리보
다 지독했다. 물 불어나는 속도가 걷는 속도보다 더 빨랐다.

김연수 일행이 송정으로 올라와 보니 마을 사람들은 거지반
물탱크로 올라가고, 밑에 몇 명만이 남아 목재를 나르고 있었다.

난감했다.

물은 계속 차오르고 있었다. 물탱크 쪽에서 본 물은, 아랫말
자신의 집에서 본 물하고는 또 달랐다. 아랫말에서 본 물은 그
래도 그냥 차오르기만 했지, 포악을 떨진 않았다.

그런데 윗말에서 내려오는 물은 거세고 도도했다. 흐르는 게
아니라 거꾸로 쑤셔 박히듯 덮쳐왔다. 김연수가 물탱크 위를 쳐
다봤다.

물탱크엔 이미 사람들로 미어터졌다. 스크럼을 짜고 있던 젊은
이들이 고개를 저었다. 더는 올라올 공간이 없다는 얘기였다.

일행이 모였다.

김연수 일가 8명, 오재우 일가 8명, 최순우 일가 7명, 다행히 먼저 올라온 이장하네 식구들은 물탱크로 올라가고, 이장하만 아래서 그들을 기다리고 있었다. 이장하와 같이 올라온 광주노인 김영배 내외도 한쪽에 쪼그려 앉아있었다.

물탱크에 올라갔어야 할 사람들이었다.

"저 어른네는?"

김연수가 묻자 이장하가 고개를 저었다.

"우리도 이제 막 올라오는 길이네. 망팔에 가까운 연세 아닌가. 숨이나 돌렸다가, 누가 업어주면 모를까. 저 가물가물한 물탱크엘 뭔 수로 올라가겠나."

그들 곁엔 머리 희끗희끗한 사내도 보였다. 객지에서 들어온 골재채취상 이경석이었다. 그의 부인은 물탱크로 올라갔는지 보이지 않았다.

대충 훑어봐도 서른 명에 가까운 인원이었다.

발만 동동 구르고 있을 수도 없었다. 언제 들이닥칠지 모를 수마였다. 시시각각 조여 오는 숨통이었다.

김연수, 오재우, 최순우, 이장하 넷이 고개를 끄덕였다.

서로가 눈빛만 봐도 뭔 말인지 알 정도로 친한 사람들이었다.

쓰다 남은 자재가 바닥에 널려있었다.

많은 식구였다.

일손도 그만큼 많았다. 어른들은 송판이나 어리덕, 각목 같은 무거운 것을 들고 뛰었다. 바닥에 끌리는 어린것들까지도 새끼줄이나 막대기 하나씩 들고 그 뒤를 따랐다. 그들이 도착한 곳은 물탱크 위쪽, 소나무 숲이었다.

김연수가 먼저 참나무에 올라갔다.

소나무 숲인데도 마밭에 쑥 나듯, 굵고 큰 참나무가 여러 그루 보였다. 김연수가 참나무에 오르자, 오재우가 아들 4형제를 데리고 그 옆 소나무에다 바를 걸었다.

평소 친하게 지내는 이장하가 그 밑에서 자재를 올렸다. 이장하가 김연수 쪽으로 가자, 최순우가 아이들을 데리고 오재우와 함께 했다.

김연수가 긴 어리덕을 참나무와 참나무에 걸치곤 새끼줄로 묶었다.

참나무는 네 그루였다. 긴 막대기로 엮어내자 삐딱하게 생긴 마름모꼴이 나왔다. 삐딱하고 틀어지고를 가릴 겨를이 없었다. 급한 대로 피난처부터 만들고 볼 일이었다.

김연수가 참나무 위에서 부지런히 움직이고 있을 때, 그의 아내 권복녀가 '아이들 옷 좀 챙겨 오겠다'며 집으로 뛰어갔다. 옷도 옷이지만 집안이 어찌 되었는지 걱정되어서였을 것이다.

세간 하나 못 건져온 처지였다. 마음속으론, 괜찮겠지, 하면서도 한 번이라도 더 둘러보고 싶었을 것이다.

마당에 들어서자 물이 자박자박 밟혔다. 사람이 빠져나간 자리에 물이 들어찼다. 엉망이었다. 폐가 직전이었다. 문짝이 삐거덕거리고 서까래가 우지끈했다. 천장은 금방이라도 내려앉을 듯 쩍쩍 갈라졌다.

아이들 춘추복은 서랍장에 있을 텐데…. 장롱 맨 아래 위치한 서랍장이, 장마에 틀어졌던지 꼼짝을 안 했다. 여닫이문을 열자 겨울옷이 보였다. 움직일 때마다 다리에 감기는 치마를 벗고 겨울 누비바지로 바꿔 입었다. 따뜻한 게 한결 뽀송했다. 아이들 옷은 손에 잡히는 대로 보자기에 쌌다.

나오다 보니 헛간에도 물이 그득했다. 허연 비닐이 물에 떠다녔다. 담배에 물들어갈까 봐 씌워놓은 비닐이 벗겨진 것이다. 비 맞은 몸이었다. 밤에는 추울 것이다. 그녀가 물에 둥둥 떠다니는 비닐을 척척 접어 겨드랑이에 꼈다.

그예 처마 한 귀퉁이가 허물어져 내렸다. 너와 쏟아지는 소리가 천둥소리보다 더 크게 들렸다.

김연수가 참나무 허리를 감싸 안으며 새끼를 동였다. 아무래도 자재가 부족했다. 송판도 송판이었지만 허방으로 내려앉은 가운데를 엮어낼 자재가 모자랐다. 어리덕이 더 있으면 좋으련만…

하다못해 질긴 소고삐라도 있으면 어떻게든 엮어볼 텐데….

머리를 긁적이고 있는데 아래서 지켜보던 이장하가 어디론가 뛰어갔다. 멀지 않은 곳이 이장열네였다. 잠실이 눈에 띄었다. 어리덕이고 사다리고 눈에 띄는 대로 가지고 나왔다.

허방을 얼기설기 대충 엮어놓고는 송판을 올렸다. 많아 보이던 송판이 확 줄었다. 저쪽 소나무 숲에서 꼭 그런 식으로 원두막을 엮어가던 오재우네가 들고 간 때문이었다. 그렇다고 어찌한다? 같이 살고 볼 일인데.

발 빠른 이장하가 또 뛰었다.

이번엔 이장수네였다. 언제 봐 뒀던지 울타리를 걷어냈다.

싸릿가지였다. 쪽쪽 곧은 게 아프도록 단단했다.

"허! 넘의 멀쩡한 울타리를… 장수 알면 어쩔려구."

"울타리야 담에 해줌 되지. 목심줄은 지금 놓치면 동방삭이 와도 헛일이여. 딴말 말고 쭉 깔어! 애들 안 빠지게 단디 묶기나 혀."

대충 된 것 같았다.

나무와 나무 사이에 맨 새끼줄이 좀 헐렁해 보여 고삐를 구해다 다시 묶었다. 사다리를 세우고 아이들을 올렸다. 듬성듬성 깔린 송판 위에다 싸리 울타리를 뜯어다 편 바닥이었다.

움직일 때마다 뿌지직, 소릴 냈다. 조심스럽게 앉아야 했다.

불안하긴 했지만, 이만한 게 어디냐고. 이 급박한 때, 가장이 해야 할 노릇을 제대로 한 것 같아 뿌듯하기까지 한 김연수였다.

그러나 누가 알았으랴. 참혹한 변고가 싸릿가지 사이사이 숨어있었을 줄을!

식구들이 다 올라온 것을 확인한 김연수가 막 내려가려는데 아래서 희미한 목소리가 들렸다.

"자네들… 우리 좀 올라가면 안 되겠나? 어렵겠지?"

내려다보니 광주 노인 김영배 내외였다.

'된다, 안 된다.' 대답할 때가 아니었다.

"뭘 물어요? 두 분, 어성 올라오세유. 어성!"

물탱크보다 낮은 원두막이었다. 이장하가 밑에서 받쳐 주자 두 노인이 올라왔다. 부축하는 김연수에게 연신 고맙다고 했다.

김연수가 지은 원두막 바로 옆, 소나무 숲에서도 한창 소란스러웠다.

소나무 숲에는 오재우 일가와 최순우네 식구들이 바쁘게 뛰어다니고 있었다.

김연수네보다 두 배 정도 많은 식구였다. 크기도 더 커야 했고 자재도 그만큼 더 필요했다. 다들 부지런히 움직였다.

장성한 오씨 4형제가 비지땀을 흘렸다.

밑에서 자재를 올리고 있는 이경석 역시 건장한 젊은이 못지 않았다. 나이 쉰이 넘도록 강변을 떠돌며 골재채취로 버텨온 완력이었다.

최순우네 아이들도 마찬가지였다.

자재가 될 만한 건 눈에 띄는 대로 주워왔다.

다른 건 다 되겠는데 송판이 좀 모자라지 싶었다.

그때 중학생 김지홍이 어디서 나타났던지 불쑥 나와선 "우리 집 송판 저기 있어요!" 하는 게 아닌가. 반갑기도 하고 고맙기도 했지만 긴가민가했다.

지홍이라면 김문환네 둘째 아들이었다. 너와집으로 된 그네 집이 가라앉은 건 한참도 더 지난 일 아닌가.

다들 의아해하고 있는데 지홍이, "아부지가 마루 바꾼다고 실어다 논, 송판… 조기요!" 하면서 구판장 내려가는 큰길을 가리켰다. 김지홍을 앞세우고 가보니 정말 한 차는 됨직한, 쪽쪽 곧은 송판이 수북이 쌓여있었다.

집에 물이 차자 임시로 옮겨놓은 것인데 거기마저 물이 넘쳤다. 물먹은 송판이 무겁긴 했지만 없는 것보단 백번 나았다.

그때부터 일은 일사천리였다.

오재우가 어디서 구해왔는지 우마차용 바로 여기저기를 엮어 나갔다. 쇠심줄보다 질겼다. 소나무와 소나무 사이에 긴 장대나 어리덕을 걸쳐 맸다. 그리곤 그 위를 사람이 앉거나 다닐 수 있게, 송판이나 판자 같은 걸 올려놓고 끈으로 묶었다. 고삐나 바로 칭칭 동여맸다.

옆의 김연수네 원두막과 거의 동시에 오재우네 원두막도 완성되었다.

지을 땐 따로따로여서 떨어졌나 싶었는데 다 짓고 나니 거기가 거기였다. 더구나 원두막이 잘못되기라도 하면 다른 나무로 건너갈 수 있게 가교까지 만들어 놓고 보니, 두 개의 원두막은 자연스럽게 한 덩이로 묶인 꼴이었다.

일을 끝낸 오재우가 소나무 허리에다 바를, 겹으로 꽁꽁 묶더니 줄 끝을 땅에 닿도록 늘어뜨렸다. 사다리를 타고 올라오는 자식들의 손을 하나하나 잡아주면서 신신당부했다.

"애들아! 이줄 이거, 꽉 잡고 있어야 혀! 물에 빠져두 이 줄만 꽉 잡고 있음 떠내려가진 않는 겨. 당신도 애들 잘 챙기고."

마치 다시는 못 보기라도 할 것처럼 오재우의 어투가 결연하자, 그 식구들 역시 자못 심각했다.

"야."

오재우네 식구가 다 올라가자 다음엔 최순우네였다.

비좁았지만 견딜만했다. 타관에서 온 골재상 이경석까지 오르고 나자 마음이 놓였다.

식구들을 둘러본 오재우가 사다리를 내려왔다.

밑에선 언제 와 있던지 김연수와 이장하가 보였다. 오재우 뒤를 따라 내려오는 최순우를 향해 김연수가 손을 저었다.

"자넨 관둬. 애들만 두고 어딜 가려구?"

"잠깐이면 될 텐데 뭘…. 동네 일인데 나만 빠질 수야 있남."

"허이, 사람! 고집하군. 글쎄 애들하구 같이 있으래두!"

최순우가 사다리 중간에 서서 내려올까 올라갈까 망설이고 있을 때, 원두막에서 이경석이 고개를 길게 늘였다.

"최 선상? 갔다 오시게. 야들은 내가 봐줄 테니 걱정 마시고."

"그래두 될까?"

"잠깐이라면서. 어여 갔다 오시래두! 맴이야, 여 있으나 거 있으나 바늘방석이긴 마찬가질 텐디."

최순우가 내려오자 공교롭게도 가장들은 모두 다 원두막을 비우게 되었다. 일찌감치 식구들을 물탱크에 올려보낸 이장하는 물론 김연수 오재우 최순우는 모두 가장들이었다.

그들이 왜 내려왔는지 어디로 가고자 하는지는 누가 말하지 않아도 알고 있었다.

그들 넷이 물탱크 있는 쪽으로 가자, 그들을 맞으러 오는 일행이 또 있었다. 이장수와 이몽구, 지선오 이장 둘에, 웃말 반장으로 있는 박문환도 보였고. 어림잡아 열 명 정도 되지 싶었다.

내 한 사람, 내 가족의 안위보다는 마을을 먼저 생각하고 공동의 안녕을 중시하는 사람들이었다.

그들은 지금 마을 배를 견인하러 가는 중이었다.

배는, 이장수와 김연수 등이 나루터에서 끌어다 아름드리 소나무에다 붙들어 매 놨있다.

그 정도론 불안했다. 그들이 보는 앞에다 갖다 놓아야 안심이 될 것 같았다.

그들이 지금 믿을 수 있는 최후의 보루는 물탱크도 아니요, 원두막도 아닌 오직 마을 배였다.

버려진 섬이었다. 잊힌 사람들이었다. 그렇지 않다면 누가 와도 왔을 것이고 하다못해 헬리콥터라도 한 바퀴 돌고 갔을 것 아닌가.

그들은 그렇게 믿었다. 버림받은 동네라고.

시루섬 사람 그 누구도 그런 내색은 하지는 않았지만, 속으론 다들 그렇게 생각했다. 괘씸하고 억울하고, 서운했다.

분노는 고립에 있는 것이 아니라 소외에 있었다. 따돌려지고 버려졌다는 생각에 부아가 났지만 순박한 사람들이었다. 두멍소의 와류가 안으로만 끌어당기듯, 그들은 그 부아를 꾹꾹 눌러 삭일뿐이었다.

그저 이 악몽 같은 물난리가 한시바삐 물러가기만 바라면서.

8부

횃불

물은 시루섬의 정상 송정까지 차올랐다.

물탱크에 갇힌 사람들이 볼 때, 물은 흘러가기보다는 사방 팔방에서 덮쳐오고 있었다. 거대한 보아뱀이 새끼 사슴의 몸통을 조여오듯, 물은 그렇게 한 점 틈도 주지 않고 사방에서 조여 왔다.

마음만 급했지 걸음이 떼이질 않았다. 물길을 헤치며 일행보다 앞서가던 김연수의 눈앞에 소가 나타났다. 물속에서 허우적거리던 소가 김연수를 보자 머리를 쳐들며 워워 울었다. 목이 쉴 대로 쉰 소는 벌써 기진해 있었다.

"저런, 저게 저거! 누구네 소여? 소고삐 풀어놔 줘야지!"

김연수가 소 가까이 가서는 코뚜레 끈을 풀어주었다.

소가 물에 떴다.

꼬리로 물살을 가늠하며 헤엄쳐 가는 곳은 물탱크 쪽이었다.

물이 더 늘기 전에 저쪽으로 가라고. 저쪽 산비탈엘 가던지 둔덕에라도 가서 피하라고. 김연수가 물탕을 튀기며 '저쪽으로 쫓았지만, 소는 제 주인을 찾아 물탱크 쪽만 고집했다. 다른 소들도 마찬가지였다.

이제는 섬이 아니라 물탱크와 그 주변 소나무 숲만 점점이 떠 있을 뿐이었다. 막막했다. 가끔 눈에 띄던 개나 돼지들도 어디론가 떠내려가고 없었다.

배를 끌고 올라왔다. 예전의 목선이었으면 어디가 깨져도 깨졌을 텐데 새로 온 면장이 철선으로 바꿔준 게 고마웠다.

물탱크도 그랬다.

듣기로는, 매포면으로 갈 걸 여기 시루섬에다 놔줬다 하지 않던가.

고장 난 채 덩그렇게 놓여 있던 물탱크였다. 아침에 집을 나설 때만 해도 두통거리로만 보이던 것이, 마을 사람들 피난처가 되다니.

그러고 보면 세상일이란 모를 일이었다. 길지도 않은 사흘 장마에 섬 전체가 물속에 잠길 줄 상상이나 했겠나.

물은 기어이 시루섬을 넘었다.

사다리가 놓인 보조 탱크까지 물이 철썩거렸다.

섬은 흔적도 없이 사라졌다.

거기에 있던 집도 나무도 담장도, 길이고 밭이고, 하다못해 공동묘지까지 다 물속에 가라앉았다. 남은 거라곤 배 한 척이 전부였다. 숨죽인 채 무서워 벌벌 떠는 사람들을 위로라도 하듯 소들이 물탱크 주변을 오르내렸다.

배를 물탱크에 묶었다.

구명선. 그래도 한 가닥 희망의 끈은 묶어놓은 셈 아닌가.

다들 안도의 숨을 내쉬었다.

사람들이 배에 올랐다. 물탱크엔 들어설 자리가 없으니 배에서라도 수마를 피해야 했다.

그런데 그 배에조차 오르지 못하는 사람들이 있었다.

김연수를 비롯해 오새우, 최순우 셋이있다. 원두막에다 가족을 두고 온 사람들이었다. 한집의 가장이었다. 가장이 가족을 버릴 수는 없는 일 아닌가.

그들 셋이 허리까지 감기는 물살을 뚫고 원두막을 향했다. 죽는 한이 있어도 원두막까지는 가야 할 거라고. 죽어도 가족들과 함께해야 할 거라고.

물탱크 주변은 소용돌이였다. 물살이 허리를 휘감고 돌자 다리가 휘청했다. 앞서 건너던 최순우가 이를 악물었다. 다른 집 애들은 제 어미라도 있다지만 우리 집 애들은, 애들뿐이잖은가. 어린것들이 아비 오기만을 기다릴 거라 생각하니 가슴이 미어졌다.

물귀신한테 잡혀가는 한이 있어도 가야 할 거라고, 힘겹게 한 발을 내디뎠다. 거꾸로 처박히듯 최순우가 물살에 휘말렸다. 바닥은 모래였다. 설렁거리는 물결에도 씻겨나갈 판인데 날카로운 이빨을 드러낸 사나운 물줄기가 허벅지를 물고 늘어졌다. 잔잔해 보이는 수면과 달리, 바닥은 거센 회오리로 몰아쳤다.

물속으로 고꾸라지는 최순우를 김연수와 오재우가 잡아끌었다.

"안 되겠네. 도저히… 이러다간 원두막은 고사하고 우리가 먼저 물귀신이 되겠어."

김연수의 손목을 잡고 있던 최순우가 울먹였다.

"안 되여… 가야 혀! 애들이… 애들이, 나만 기다릴 텐데…."

최순우가 허탈한 눈으로 허공을 응시했다. 눈시울엔 눈물이 고였다.

어찌 그 심정을 모르랴! 김연수나 오재우나 마찬가지였다. 이 무섭고 캄캄한 밤에 식구들이, 애들이 '아부지'만 찾을 건 뻔하지 않은가. 그래도 그들에겐 어미라도 있지만, 최순우의 자식들에겐 아버지 말고는 없는 것을.

"경석이 그 사람이 봐준다 혔잖나. 무쇠보다 단단한 사람이니 어련할까. 저길 봐! 저건 물이 아니여, 황소도 저런 덴 못 건너가. 감세, 가! 돌아가자구! 재우 자네도 청승 그만 떨고…."

그들 셋은 그렇게 되돌아왔다. 저 음험하고 무정한 강물 위에 가족들만 남겨둔 채….

그들이 다시 돌아오자 기다리고 있던 이장수가 삿대를 내렸다. 먹머구리 돌 틈에 파고들 듯 뱃전에 올랐다.

배가 요동을 치자 뱃멀미가 심한 오재우가 왝왝거리더니 더는 못 참겠던지 물탱크로 건너갔다. 물탱크에선 지선오 등 몇몇이,

배가 떠내려가지 못하도록 뱃줄을 잡고 있었다. 물탱크 위는 평평한 시멘트 바닥이어서 배를 묶어둘 데가 없었다.

"어쩌나, 어쩌나! 우리 애들 어쩌나!"

여인이 발을 동동 굴렀다. 넘치는 강물도 모자라 이젠 어둠까지 내려와 앞을 막고 있었으니.

가슴이 탔다. 앞이 캄캄하고 사지가 떨렸다. 소리라도 쳐야겠는데 소리칠 기력도 다 빠졌다.

"석준아! 석호야!"

쉰 소리로 애들 이름을 불러보지만 돌아오는 건 시뻘건 황토물이 내뿜는 절망감뿐이다. 그래도 불러야 한다. 애들 이름이라도 불러야지. 달리 어떻게 해볼 방법이 없질 않은가!

"석희야!"

그녀의 눈에서 눈물이 주르륵 흘렀다.

하이고 내 새끼들! 놔두고 오는 게 아닌데. 딸애가 고만 가라고 했을 때 갔어야 했는데….

눈물로 바라보는 시루섬은 점점 멀어져만 갔다. 흔들리는 돛처럼 멀어지는가 싶더니 그예 시야에서조차 사라졌다. 어둠에 묻혔는지 물속에 묻혔는지, 낮에는 사람 기척이라도 있던 섬이, 아예 없어져 버린 것이다. 눈을 비비고 크게 떠봤지만, 시야에 보이는 건 그저 막막한 어둠뿐이었다. 사나운 물소리만 애간장을 후볐다.

최순우 아내 황말분이었다.

큰딸 산바라지하러 왔다 발이 묶였다.

큰딸이 사는 곳은 쑥이 많다는 애곡이었다. 먼 길도 아니었다. 강 건너였다. 육로로 간다면 만학고개를 넘어 상진으로 돌아가야 했으니 시오리는 될 것이나, 배를 띄우면 코앞이었다.

남편에겐 사흘 말미를 얻었다.

그 사흘이 어제였다. 어제만 해도 배는 댈 수 있었다.

갈 거라고. 만학고개를 넘든지, 수양개를 건너든지, 무슨 수를 써서라도 갈 거라고. 그녀는 온종일 뛰어다녔다. 발에 물집이 잡히고 나중에는 발톱까지 빠져나갔지만, 오직 시루섬에 있는 애들 걱정으로 미친 듯 뛰어다녔다.

그러나 갈 수 없는 길이었다. 길이란 길은 모두 끊어져 있었다. 산사태로 매몰되었거나 홍수에 유실되었다. 육지 같으면 산짐승이 다닌 길이라도 있을 텐데 이건 물을 건너야 했다. 마음만 졸이다 저녁을 맞았다.

열하루 초저녁이었다. 허공 어디쯤엔가 박혀있을 달이었다. 그러나 달빛은 고사하고 별빛 한점 없는 어둠이 폭우처럼 쏟아졌다.

발을 동동 구르던 그녀가 사돈네 집으로 달려갔다. 사위를 데리고 나왔다. 사위의 손엔 기름통이 들렸다. 수양개로 오르면 빠를 텐데….

그러나 수양개도 물에 묻혔다. 철로를 가로질러 언덕에 섰다. 삼삼하게 떠오르던 섬 대신 사나운 물결만이 으르렁거렸다.

그녀가 들고 있는 막대에다 솜뭉치를 말더니 기름을 부었다. 사위가 불을 붙였다. 횃불을 든 황말분이 목이 터져라 불렀다.

"야들아! 애미다, 애미! 석준아! 석호야!"

곁에 서 있던 사위도 횃불을 올렸다.

"장인어른! 들려유?"

"처남! 처제! 대답이라두 좀 혀봐!"

그들의 외침이 어찌나 간절했던지 물결도 조용했다. 그 조용한 물결을 따라 불빛이 번졌다.

조용했다. 조금 전까지만 해도 죽겠다고 아우성치던 잠업연수원 아가씨들이었다. 숨 쉴 틈도 없이 꽉 끼인 상태에서 두 팔까지 뻗어 올리고 있자니 여간 고통이 아니었다. 육체적인 고통이야 어떻게든 참아낸다지만 심리적 공황 상태에 빠졌다.

시루섬 온 동네가 홍수에 가라앉았다. 섬에서 제일 높은 송정, 물탱크에 위로 쫓겨왔다. 그러나 물탱크조차 장담할 수 없는 처지였다.

비는 그쳤지만, 물은 줄어들 기미가 없었다. 어디서 그렇게 쏟아져 들어오는지 멍석말이하듯, 물은 꾸역꾸역 몰려오고 있었다. 만에 하나… 만에 하나, 물이 계속 이렇게 늘어, 이 물탱크마저 묻힌다면….

진저리를 쳤다. 끔찍했다. 그 처참한 광경을 어찌 상상할 수 있으랴.

아! 하고는 이장수가 뱃줄을 움켜잡았다.

그때였다. 떠내려오는 뗏목에라도 부딪혔던지 배가 요동쳤다.

이장수가 배를 넘겨다봤다.

"뭔 일이우? 괜찮수?

견인 줄을 힘껏 당기자 물살이 갈라졌다. 그 갈라진 틈 사이로 물방울이 튀며 빛을 뿜었다. 뗏목이 아니라 불이었다.

물에서 빛이 돌다니! 하늘에서 떨어졌나? 그러나 올려다보는 하늘은 별빛 한 점 없는 허공일 뿐이었다. 그러면 그렇지… 이젠 헛것까지 보이다니.

그러고 보니 허기가 졌다. 점심으로 수제빗국 뒤 숟갈 뜬 게 전부 아닌가.

그때 누군가 소리쳤다.

"불이다! 불이여!"

어찌 된 일인가. 헛것이 아니었다니.

눈을 비볐다. 환했다. 분명했다. 불이었다.

사람들이 웅성거렸다. 절벽 같은 어둠을 뚫고 불이 비친 것이다.

구원이고 희망이었다. 밖에서 보내온 최초의 신호였다.

"사람들이 우릴 찾구 있어. 우릴 찾는다구!"

이장수가 온 힘으로 배를 끌었다.

배가 가까이 오자 포대기에서 솜을 빼내 김연수에게 건넸다. 김연수가 삿대 끝에다 솜뭉치를 싸매더니 석유통에서 기름을 부었다.

불이 활활 타올랐다.

배가 기우뚱하자 삿대를 들고 있는 김연수 역시 휘청했다. 아무래도 불안해 보였던지 이장수가 뺏다시피 하늘 높이 치켜들었다.

조막만 하긴 했지만, 그러나 세상 그 어떤 불빛보다 밝은 횃불이 날갯짓하면서 타올랐다.

"어어이! 여기여 여기!"

삿대를 휘저으며 이장수가 목이 터져라 소리쳤다.

"여기여! 슴 사람들 다 여기 있어!"

절벽 같은 밤에, 흔적조차 없이 가라앉았던 섬에서 불이 오르다니.

살아 있다. 떠내려가지 않고 살아 있어! 아아, 하나님 감사합니다.

천지신명이시여, 고맙습니다. 애들도 살아 있겠지. 그래, 어떻게든 살아만 있어다오.

햇불을 흔들고 있던 황말분의 눈에 눈물이 고였다.

애곡에서 다시 불이 올랐다. 그런데 이건 또 어찌 된 일인가.

불이, 아니 불길이 번지고 있었다. 시루섬에서 불이 오르자 마치 기다리고 있기라도 했다는 듯 여기저기서 불이 올라왔다. 그녀는 자기 혼자만이라고 생각했는데 그게 아니었다. 쑥골(애곡)에서 시작한 자신의 햇불이, 웃나루(상진)·깊은골(심곡)·거문내(현천)로 해서, 저 멀리 아랫나루(하진)까지 번지고 있었다. 햇불은 시루섬을 가운데 두고 거대한 원을 그리며 번지고 있었다.

보이지만 않았을 뿐이지 시루섬을 걱정하는 사람은 결코 그녀 혼자만이 아니었다. 물탱크 위에서 숨을 죽이고 이를 지켜보던 시루섬 사람들의 눈에서 눈물이 흘렀다.

우리뿐이라고 생각했는데… 다들, 우리를 버렸을 거라고 믿었는데, 저들이 우리를 생각하고 있었다니! 바깥에서도 우리를 잊지 않고 있다는 생각이 들자 용기가 생겼다. 이 좁고 지옥 같은 곳에서 빠져나갈 수 있을지도 모른다는 희망이었다.

그러나 그 생각도 잠시. 바닥을 보이는 기름통이었다.

한 치 앞도 내다볼 수 없는 처지 아닌가. 비상용 기름은 남겨둬야 했다.

떨어지는 횃불에 수면이 드러났다. 물은 물탱크의 절반까지 차올라 있었다.

아, 이걸로 끝인가! 시루섬도 우리도, 여기서 이렇게 끝나는 것인가.

좀 전보다 더 깊은 좌절과 침묵이 시루섬의 하늘을 뒤덮었다.

떠내려가는 짐승들의 아우성이 간간이 들렸다. 사지를 옭아매듯 쇠사슬 끄는 소리가 밤하늘을 떠돌았다. 물소리였다. 음험하고 기괴한 물소리에 몸서리쳤다.

어둠과 그 어둠이 길러낸 공포에 떨면서 시루섬은, 시루섬 사람들은, 그렇게 모진 밤과 마주하고 있었다.

아.
시우성

9부

꽃잎, 달무리에 지고

물탱크 위는 그야말로 생지옥이라 해도 과언이 아니었다. 멍석만 한 공간에 이백여 명이 넘는 동네 주민들이 들어찼으니 오죽하겠는가.

몸이 불편하다고 해서 움직이거나 허리를 펼 수도 없었다. 양손은 하늘로 추어올린 채 겨우 숨만 쉴 뿐이었다. 무너운 여름이었다. 바람 한 점 없었다.

빗물도 땀으로 변해 끈적거렸다. 숨이 턱턱 막히고 후끈후끈 찌고, 악취까지 진동했다.

허리 한번 비틀지도 못하는 처지에서 화장실을 어떻게 간단 말인가. 온 사방이 물바다인 판에 화장실이 있을 리도 없고. 그냥 서서 봐야 했다. 소변이고 대변이고 어찌할 방법이 없지 않은가. 처녀고 아주머니고, 부끄러움이 어디 있고 체면 차릴 정황이 아니었다. 어른들이 흘린 소변과 애들이 싸놓은 똥 냄새가 코를 찔렀다.

가장 힘들어하는 건 잠업연수생 아가씨들이었다. 감수성 예민하고 부끄러움을 가장 많이 탈 나이였다. 생판 모르는 사람들 틈바구니에 끼어있자니 살점이 찢어지는 듯 아팠다. 손에 들고 있던 가방이 옆 사람 얼굴을 쳤나 보다.

"젊은 처자? 가방 좀 어떻게 해봐."

거추장스럽고 방해가 되는 건 알지만 버릴 수 없는 물건이었다.

연분이나 손거울 같은 화장용품이라면 열 번도 더 버렸을 것이다. 집에 갈 차비도, 하루하루 적어놓은 일기장도, 친구 오빠한테서 온 편지도 있었다. 하나같이 소중하고 버릴 수 없는 것들이었다. 그러나 이런 것들보다 더 소중한 것이 있었다.

지갑 속에 깊숙이 모셔둔 흑백사진 한 장. 어머니. 그 희미한 모습마저 잃어버리면 내게서 어머니는 영영 떠나가고 말 텐데….

물탱크가 떠내려가면 갔지 이것만은 못 버릴 거라고, 손에 힘을 주었다. 미안했지만 어쩌겠는가. 조금만 참아달라고 이해해달라고. 그녀가 미안한 마음에 고개를 숙였다.

그런데 그 순간 뭔가 휙, 하니 갈고리 같은 게 날아왔다. 우산 손잡이였다. 우산 손잡이가 마치 솔개처럼 가방을 감아채더니 물속으로 던져버렸다. 발을 동동 구르며, '안 된다고' 그러나 그 안 된다는 말은 소리가 되어 나오질 못했다. 가녀린 흐느낌조차도 물소리에 파묻히고, 멀리 희미한 별빛 한 점 깜박이고 있었다.

그랬다. 몰인정하고 야박했지만 어쩌겠는가.

한 사람이 넘어지면 그 한 사람만 아니라 전부가 넘어져야 했다. 한 사람의 잘못이 전체를 위험에 빠뜨리게 했다. 물탱크 위에 있는 사람들은 한 덩이의 공동운명체였다. 그들대로 사정이야 딱했지만, 일일이 그 사정을 다 봐줄 수는 없는 노릇이었다.

맨 가장자리에서 스크럼을 짜고 있던 젊은이가 우산을 거꾸로 쥐었다.

어두웠지만 소리는 들렸다. 손에 치켜 올려진 가방을 찾기란 쉬웠다. 갈고리 같은 우산 손잡이로 가방을 가로채 집어 던진 거였다. 어디 그 아가씨뿐이겠나. 어디서건 소란스러운 기색만 있으면 우산대로 두들겼다.

그럴 수밖에 없는 것이, 군대와 같이 상명하복의 체계가 있는 것도, 집안에서처럼 부모·자식의 질서가 있는 것도 아니었다. 지휘체계가 없는 사회에서 누군가라도 나서지 않으면 그 집단은 지리멸렬할 게 뻔했다.

더구나 캄캄한 밤이었다.

사람들은, 이러한 사정을 누구보다 잘 알기에 이의를 달지 않았다. 우산대로 후려친 사람도 거기에 맞은 사람도, 또 곁에서 지켜보는 사람도 불평 한마디 없이, 오직 이 지긋지긋한 밤이 지나가기만을 고대했다.

완장을 두른 사람은 없었어도 자진해서 움직였다.

누가 시키지도 않는데 다들 맨발이었다.

이리 쏠리고 저리 쏠리고 하다 보니 곁에 사람 발을 밟기가 예사였다. 그러면 안 되지, 하고 조심한다 해도 조심해서 될 일이 아니었다. 중심을 잃고 넘어지다 보면 자신도 모르게 옆 사람의 발을 밟게 마련이었다. 그때마다 발등이 깨지듯 아팠다.

신발을 벗었다. 누가 먼저랄 것도 없이 다들 맨발로 섰다. 그러자 설령 옆 사람의 발을 밟는 경우가 있어도, 참고 지내자는 위로가 될지언정 상대방에게 상처를 입히지는 않았다.

별이 보였다.

이 가혹한 밤에 별이라니!

하늘은 여전히 검고 막막했지만, 희끗희끗 비치는 구름장 사이론, 한 줌 싸라기별이 뜨물에 쭉정이가 일듯 일렁거렸다.

좀 전에 한바탕 쏟아졌던 빗줄기는 그렇다면 이 밤, 고만 오겠다는 신호였을까. 막막한 밤에 별빛이라니!

사람들이 다들 하늘을 보고 있을 때, 물탱크 아래 수면을 주시하고 있던 사람이 있었다.

"야! 멈췄다 멈췄어! 물이 섰어요!"

김경민이었다. 어찌 된 일인지 그는 가족들과 헤어져 물탱크에서 소나무로 연결된 송판 위에 앉아있었다. 비상시 탈출용으로 만들어 놓은, 원두막이랄 것도 없는 간이 판교(板橋)였다.

그 옆에서, 복수를 데리고 있던 복수 아버지가 눈을 비볐다. 자세히 보니 정말로 물이 서 있는 게 아닌가.

그렇게 기를 쓰고 나대던 물이, 저도 이젠 지쳤던지 아니면 사람들의 소원이 거기에 닿았던지, 물탱크 중간 어름에서 출렁거리기만 할 뿐 더는 기어오르지 못하고 있었다.

"그러네. 쟈 말대로 물이 멈췄네. 섰어!"

듣고 있는 사람들이 휴, 하는 한숨을 내쉬었다. 마음을 놓긴 이르지만, 숨이라도 쉴 수는 있을 것 같았다.

별이 보이다니! 이제야 하늘이 제자리를 찾아가는구나.

그러나 어찌 알았으랴.

엉성해 보이는 하늘이지만, 실은 어찌나 촘촘한지 한 올의 자투리도 허락하지 않았다. 볕이 든 만큼 그늘이 졌다. 베푼 만큼 되돌려 주었고, 뿌린 만큼만 거둬들이게 했다. 단 한 톨의 씨앗도 우연히 생겨나는 법이 없었다. 하늘로부터 뭘 공으로 얻는다는 건, 아예 생각조차 말아야 할 일이었다.

지금도 마찬가지였다. 별이 보이고 물이 제자리를 맴돌아, 고난이 끝난 건 아닌가, 하는 생각이 들었지만 실은 더 가혹한 대가를 요구하고 있었다.

"승민 엄마? 승환이는 지 아부지한테 맡겨요. 혼자서 어떻게 둘씩이나 안고 있어?"

이장수 아내가 안동호 아내에게 비좁은 틈을 뚫고 소곤거렸다. 안동호의 아내 최산옥은 네 살배기 아들 승환이와 젖먹이 막내를 안고 있었다. 치마폭에 싸여있던 승환이가 칭얼거리자 곁에 있던 이장수의 아내 유금옥이 보기에 딱해서 해본 소리였다. 어떻게든 도와주려고 해도 자신 역시 세 아이를 데리고 있다 보니 그럴 형편이 못 됐다.

남편 이장수는 남의 일, 동네 일이 우선이었다.

오늘도 마찬가지였다.

건강이 안 좋아 잔기침을 달고 다니면서도 어디를 그렇게 쏘다니는지 온종일 보이지 않았다. 물탱크 위에서 아이들 손목 한번 잡아준 게 전부였다. 식구들만 덜렁 그렇게 올려보내 놓고는 내내 동네 배만 지키는 중이었다.

다른 집 남편들은, 제 새끼 챙기겠다고 엉덩이를 밀어가며 자식들을 감싸고 있는데 그러진 못할망정 곁에는 있어 줘야 하는 거 아닌가. 아무리 동네 일이 먼저라곤 하지만 섭섭했다.

그러나 어찌할 것인가. 위인이 생겨 먹길 그렇게 생겨 먹은 것을. 그게 어디 어제오늘 일만도 아니고.

이런저런 생각으로 심란해 있는데 아이들 때문에 곤욕을 치르고 있는 안동호의 아내를 보자, 꼭 자신의 처지 같아 한마디 한 것이다.

최산옥의 나이는 서른셋으로 그녀보다 여섯 살 위였다. 한동네라고는 하지만 동떨어지게 살았다. 그녀의 집은 물탱크 바로 옆이었으나 최산옥의 집은 웃말에서도 한참 올라가야 했다. 그러니 평소엔 자주 만날 기회는 없었다. 오늘도 이리 밀리고 저리 쏠리고 하다 보니 우연히 곁에 있게 된 거였다.

그래도 한동네 이웃이었다.

나이 차가 나건 좀 떨어져 살건, 누구네 누구 하면 다 알고 지내는 처지였다.

"그럴까?"

"그럼! 그렇게 해요."

최산옥은 승환이를 제 아버지한테 맡기고 나자 한결 견딜만했다.

지쳐 있는 건 유금옥이었다. 코흘리개 아이들 셋을 건사한다는 게, 어디 쉬운 일인가.

어른도 운신하기 힘들어 비비적거리는 판에 애 셋을 딸린 여자의 몸으로야. 열 살짜리 아들과 일곱 살짜리 딸은 양손에 거머쥐고 두 살짜리 어린것은 등에 업혔다. 단단히 묶는다고 힘껏 잡아맸는데도 포대기 끈이 자꾸만 풀어졌다. 할 수 없이 그 어린 것을, 목덜미에 얹혔다. 제 딴에 살이 쓰리고 아팠던지 머리를 쥐어뜯으며 보챘지만 달리 어찌해 볼 수가 없었다.

그렇게 서 있자니 시간도 서 있는 듯했다. 얼마나 그렇게 있었는지, 싸라기별 한 무리가 뜨물에 불어갈 무렵.

첫 번째 위험은 유금옥에게 찾아왔다.

아무리 가만히 있고 싶어도 옆 사람이 넘어지면 어쩔 수 없이 따라 넘어졌다. 옴치고 뛸 수도 없이 딱 달라붙어 있어, 흔들면 흔들리는 대로 쏠리면 쏠리는 대로, 그렇게 한 덩어리로 움직일 수밖에 없었다.

파도에 물결 일 듯 일렁이는가 싶더니 가운데 한쪽이 허물어졌다. 가운데 박혀있던 그들 역시 삭정이 부러지듯 고꾸라졌다. 허물어진 쪽은 저쪽이었는데 정작 사람들이 몰린 곳은 그들이 있는 쪽이었다. 바깥으로 안 넘어지려다 보니 안쪽으로 몰려, 한꺼번에 넘어진 거였다.

사람들이 넘어지면서 유금옥을 덮쳤다.

그녀가 넘어지면서 일곱 살짜리 딸을 놓쳤다.

어린 딸 위로 뚱뚱한 여자가 고꾸라졌다.

그 여자 엉덩이에 깔린 어린 것이, 울지도 못하고 입만 벙긋거렸다. 마음만 급했지, 힘이 받쳐 주질 않았다. 아무리 힘을 써도 여자 몸무게가 어찌나 무겁던지, 꿈쩍할 기미라곤 없지 않은가. 발길질도 하고 흔들대기도 했지만 고꾸라진 여자 역시 팔만 허우적거릴 뿐 일어나질 못했다.

새까맣게 타들어 가는 속만 쥐어뜯고 있는데 넘어졌던 최산옥이 벌떡 일어나더니 말했다.

"경희 엄마! 내가 이 여자 엉덩이를 힘껏 들어 올릴 테니 애를 빼봐!"

그리곤 그 여자가 비명을 지르건 말건 힘껏 잡아당겼다.

인정 두고 사정 봐줄 일이 아니었다. 최산옥이 여자를 잡아당기는 것과 동시에 유금옥도 딸의 양팔을 잡고는, 내못을 빼듯 있는 힘껏 잡아당겼다.

그제야 어린 것이, "으앙!" 울면서 제 어미 품에 안겼다.

자리가 바뀌었다.

복판에 있던 그들이 가장자리로 밀려와 있었다.

혼란 중에, 이리 쏠리고 저리 밀리다 보니 그리된 거였다.

아무 데면 어떤가. 다 같은 콩나물시루 바늘방석인데.

최산옥이 안고 있던 갓난애가 울었다. 그러고 보니 물탱크에 올라온 후론 물 한 모금 먹이지 못했다. 젖을 물려야겠는데 아무리 캄캄한 밤이라곤 하지만 가슴팍을….

머뭇거리고 있자, 지켜보고 있던 젊은 청년이 몸을 이리저리 밀쳤다.

그러자 한 사람 겨우 쪼그려 앉을 만한 공간이 생겼다.

가장자리 쪽으로 밀려나는 바람에 얻어진 기회였다.

앉고 보니 옆에, 둥근 통 모양의 구조물이 있었다. 물탱크 출입구였다. 야트막한 게 기대기에 딱 좋았다.

그녀가 아이를 품에 안고 젖을 물렸다.

어미젖을 문 아기가 꿈속인 듯 방긋 웃었다.

별빛이 흘러간 자리에 달무리가 뿌옇게 번졌다.

그러고 나서도 사람들은 파도에 일렁이듯 이리 쏠리고 저리 쏠리고 했다.

한밤이었다. 수마(水魔)보다 더 무서운 게 수마(睡魔)였던지 졸렸다. 후덥지근하고 악취로 코가 깨지고, 벌서듯 두 팔까지 치켜 들었는데도 졸음이 몰려왔다.

다리에 힘없는 노인들이 맨 먼저 넘어졌다. 빈혈이 든 아가씨들이 다음으로 쓰러졌다. 배고프다고 칭얼거리던 어린놈이 주저앉았다. 넋이 빠진 듯 혼몽이 서 있던 사내들이 휘청거렸다.

그럴 때마다 바깥에서 스크럼을 짜고 있는 젊은이들이 고함을 쳤다.

정신들 차리라고! 죽비 대신, 긴 작대기나 우산대로 머리를 내리쳤다.

다리에 힘 좀 주라고! 머리가 핑 도는 게 어질거렸다.

그러던 어느 한순간, 물탱크가 기우는가 싶더니 "어이고야!" 하는 비명이 울렸다. 비명과 함께, 태풍에 수수목 꺾이듯 사람들이 넘어졌다.

이번엔 최산옥 쪽이었다.

큰물에 거룻배 덮치듯 덮쳐오는 사람들을 무슨 수로 막을 것인가.

젖을 먹이고 있는 아기 위로 사람들이 넘어졌다. 사람들이라기보다는 거대한 흙더미였다. 산사태가 일어나듯 한 무더기 사람들이 모녀를 덮쳤다.

탄지일순(彈指一瞬)에 벌어진 일이었다.

더구나 앉아있던 상태로 당했으니 피할 새도 없었다.

최산옥이 젖먹이를 안고 넘어졌다. 그 위로 사람들이 덮쳤다.

캄캄해서 아무것도 보이지 않았다.

아이가 있다고 소리치려 해도 사람들한테 짓눌려 말을 할 수가 없었다.

아이가 "애!"하고 울자 최산옥이 사람들을 헤집고 일어났다. 간신히 일어나 보니, 조금 전까지만 해도 꼼지락거리고 있던 애기가 기척이 없지 않은가!

그때였다.

달빛이 환하게 비쳤다.

아기의 얼굴이 배꽃같이 고왔다.

아기의 얼굴을 쳐다보던 최산옥이 소스라쳤다. 아기의 관자놀이 주변이 쑥 들어가 있었다. 아마 넘어지면서 출입구 모서리에 부딪혔던 것 같았다. 애를 안아 들고 얼러 보았지만, 숨결이 없었다.

이런, 이런! 이 일을 어찌한다? 안절부절못하는 그녀가 곁의 유금옥에게 아기를 보이며 울먹였다.

"애기가… 우리 애기가…. 아무래도 이상해. 숨이 있나 좀 봐 봐."

유금옥이 갓난애 이마를 만졌다. 싸늘했다.

아! 이 일을 어찌한다? 유금옥 역시 울먹이며 고개를 저었다.

"……."

차마 잘못됐다는 말은 할 수가 없었다. 입 밖으로 나오지도 않았거니와 어찌 이 참혹한 일을 발설할 수 있단 말인가. 자신이 고작 해줄 수 있는 위로라고 해봐야, 흐느껴 우는 그녀의 등을 감싸주는 게 전부였다.

최산옥이 아기를 끌어안았다.

이제 겨우 백일 지난 어린 것. 젖 한번 배부르게 먹어보지 못하고 가다니! 불쌍한 것, 이름도 없이 가다니. 이럴 줄 알았으면 이름이나 지어주는 건데… 이름도 없이 보내다니. 다 내 죄지…. 그래, 내 죄인 게야. 앉아있지만 않았어도 이런 일은 없었을 텐데…. 아가! 이 에미 잘못이다. 이 에미가 널 죽였구나. 최산옥의 눈물이 아이의 볼을 타고 흘러내렸다.

달빛이 야속했다. 어쩌자고 한밤 내내 캄캄하더니 이제야 나타난단 말이냐? 환하게 비친 얼굴을 차마 마주할 수 없던 어미는 아기를 스웨터에 고이 껴안았다.

속울음으로 흐느끼던 그녀가 도리질을 치며 중얼거렸다.

그래, 그래… 그렇게 쉽게 잘못될 내 아이가 아니지. 죽다니… 그럴 리가 없다고. 죽은 게 아니라 잠시 혼절했을 뿐이라고. 재채기 한 번 하고 나면 방긋 웃어 보일 텐데. 이거 보라고, 우리 아기가 웃고 있지 않냐고.

품에 있는 아기를 유금옥에게 다시 보였다.

"경희 엄마? 다시 한 번 봐줘. 숨을 쉬나."

아기 이마에 손을 대 본 경희 엄마 유금옥이 말없이 눈물만 흘렸다.

무슨 말을 할 수 있으랴! 아이가 죽었다고 아이한테 숨이 없다고…. 어찌 그런 모진 말을 입에 담겠나. 못 할 말이었다.

유금옥이 고개를 떨어뜨리자 최산옥이 실성한 듯 하늘을 올려봤다.

강물보다 더 차디찬 달무리가 그녀의 가슴으로 밀려왔다.

울고 싶어도 울 수가 없다니!

그랬다. 가엾은 아이의 주검을 안아 들고서도 울지를 못했다.

나 한 사람 슬프다고 통곡이라도 하면 이 많은 사람은 어찌할 텐가. 술렁이겠지. 술렁이다 말 일이 아니잖은가. 사람이 죽었다는데 그것도 갓 백일 지난 어린 것이 가엾이 죽었다는데, 그 누군들 동요하지 않겠나. 소동이라도 일어나면 그래서 아까와 같은 참사가 벌어지면. 만에 하나 바깥쪽으로 쏠려 강으로 떨어지기라도 하면….

끔찍했다. 떨어지는 사람은 본능적으로 누군가를 붙잡고 떨어질 테고, 그 가족들은 또 보고만 있겠나. 자신으로 인해 대형 참사가 벌어질지도 모른다고 생각하자 마음 놓고 울지도 못했다.

싸늘하게 식어가는 어린것의 주검을 품에 안고는, 그저 속으로만 흐느껴 울 뿐이었다.

젖이 퉁퉁 불었다. 해진 적삼을 들춰내곤 아이에게 물려본다.

아가, 아가! 한 번만이라도, 그래 딱 한 번만이라도 빨아보렴.

넋이 빠진 듯 어미는 아이를 안고 흐느꼈다.

그 긴긴밤, 어미가 흘린 눈물이 정녕 강물보다 적다고 누가 말할 것인가!

10부

절규

김연수의 아내 권복녀가 아이들 옷을 갈아입혔다. 여름이라곤 하지만 장마철이었다. 눅눅한 습기에, 해 떨어지면 기온도 떨어질 것이다.

위로 큰딸 하나에 내리 아들 셋, 맨 아래가 딸이었다.

3남 2녀. 터울도 야무져서 딱 세 살씩 차이가 났다. 이웃이 다들 부러워했다. 어쩜 저리 복도 많누? 신랑 복이 어떻고 시어미 복이 어쩌니, 암만 얘기해 싸도 자식 복만 하겠어. 밤톨 같은 아들 셋에, 고명 같은 딸 둘이 앞뒤에서 받쳐 주니, 좋겠수!

그랬다. 빨래터에 나가 푸성귀를 씻을 때도 빨랫방망이 소리는 안 들려도 그 소리는 귀에 박혔다. 없는 살림이지만 애들만 보면 신이 났다. 잘난 집 애들처럼 잘 먹이지는 못해도 칠월 장마에 호박 크듯, 잔병치레도 없었다.

맏이가 딸이다 보니, 혹여 어미가 집을 비우는 경우가 생겨도 제가 어미 노릇을 톡톡히 해냈다. 어린 동생들을 어찌나 암팡지게 챙기는지 어미 닭이 병아리 돌보듯 했다.

윗도리는 제 손으로 훌훌 벗어던지던 녀석이 치마는 못 벗겠단다. 네 살 먹은 막내 순남이었다. 그것도 여식이라고 부끄럼을 타는가보다, 권복녀가 피식 웃으며 어린것의 엉덩이를 찰싹 때렸다.

눈에 넣어도 아프지 않을 거였다. 막내라고 애지중지해서 그런지 돌 지난 지가 언젠데 아직도 젖을 물고 살았다.

축축한 옷을 벗기고 도톰한 겨울옷으로 갈아입히자 아이가 좋아서 펄쩍 뛰었다. 바닥에 깐 싸릿대가 찌지직, 소릴 냈다. 급한 김에 싸리울을 뜯어다 송판 사이사이 대충 엮어낸 바닥이었다. 부실할 건 당연했다. 제 손으로 옷을 갈아입은 큰딸이 그녀 곁으로 파고들었다.

사내아이들은 저쪽 한구석에 저들끼리 모여 있었다.

어린 나이에도 이 상황이 얼마나 위험하고 힘든지를 알고 있었다.

싸릿대 밑이 훤하게 보였다. 이빨을 드러낸 물살이 당장이라도 잡아먹을 듯 달려들었다. 저놈들이 더는 올라오지 말아야 할 텐데….

겨울옷으로 다 갈아입힌 권복녀가 비닐을 꺼냈다. 꺼내놓고 보니 두 조각이었다. 큰 것은 사내아이들에게 주고 작은 것을 펼쳐 세 모녀가 끌어안았다.

비닐 안이 따뜻한 온기로 가득했다. 불편은 하지만, 언제 뛰어올지 모를 위험을 싸리울 바닥에 깔고 앉아있긴 하지만, 그래도 처음으로 가져보는 따뜻함이었다.

따뜻해서 그런가. 졸음이 쏟아졌다.

졸아선 안 되는데… 새벽이 오기까지는. 이빨을 드러낸 물살이 물러날 때까지는 졸아선 안 되는데….

허벅지를 쥐어뜯고 머리를 흔들어보고 해도 눈꺼풀은 자꾸만 내려갔다. 그들 곁에 있는 광주노인 부부도 졸고 있었다.

이경석의 머리 위로 가루분같이 뿌연 달빛이 출렁댔다.

그가 앉아있는 곳은 물탱크에서 50여 미터 위쪽에 있는 소나무 숲이었다. 한낮 같으면 손짓으로도 얼굴을 알아볼 정도의 거리였으나 흐린 달밤이었고, 또 숲 그늘에 가려 아무것도 보이지 않았다. 두런거리는 목소리만 가끔 들렸다.

곁이었다. 원두막을 짓기 시작할 때는 좀 떨어진 곳에다 서까래를 맸는데 다 끝나고 보니 하나로 연결되어 있었다. 그럴 수밖에 없는 것이 김연수가 엮어낸 원두막은 소나무 숲에 세(貰) 살던 참나무 그루였다. 숲이라는 것이 경계가 있는 것도 아니어서 한 발 내디디면 거기가 거기였다. 오재우, 최순우 일가가 엮어낸 원두막 둥지가 조금 크다는 점 말고는 또 거기가 거기였다.

밤 비둘기도 날아간 숲에선 목이 쉰 사내와 어린 여식의 목소리만 오고 갈 뿐이었다.

"할아부지 집은 그럼 어디야?"

최순우의 막내딸 석희가 이경석의 어깨에 기댄 채 가물가물 졸았다.

"아가? 졸면 안 돼야? 도깨비불이 혼쭐 거둬간단다."

가루분처럼 희끗희끗 날리는 달빛을 뚫고 반딧불이 유령처럼 떠돌았다. 석희가 이경석의 어깨에 달라붙었다.

"할아부지네 집. 집은 어디냐니까?"

"멀지…. 저기 달만큼이나. 아마 개똥벌레도 못 찾아갈걸."

이경석이 눈을 지그시 감았다.

아내는 안전하겠지. 여기보단 불편해도 여러 사람 있는 데가 안전하겠지.

발 빠른 젊은 아내가 물탱크에 오르는 걸 확인하고 나자 전신에 힘이 쭉 빠졌다. 어지러웠다. 까마득하게 높아 보이는 사다리도 사다리였지만 사방에서 옥죄어 오는 물이 더 어지러웠다.

평생을 골재와 함께 살아온 삶이었다. 자갈만 봐도 정이 가고 모래밭에 앉아있으면 그렇게 포근할 수가 없었다. 편하고 살붙이처럼 정겨웠다.

강돌! 물살에다 채이고 부대끼면서 그 모진 세월을 참고 견뎌 온 신세 아닌가.

어디 가서든 모나지 않고 둥글게 살아야 한다고. 야박한 공장장한테 굽실거리고 하천법부터 을러대는 담당 주사 앞에 설설 맸다.

그렇게 평생을, 강가에 쌓인 골재와 함께한 세월이었다.

그런데 그 모래가, 자갈이, 속절없이 떠내려가고 있지 않은가.

맥이 풀렸다. 한삽 두삽 끌어모은 모래가 제법 몇 차는 되었다.

군청 담당 주사한테 반출증만 받아내면 시멘트공장으로 실어낼 참이었는데 저리도 허망하게 사라지다니.

철썩거리는 물소리가 폐부를 찔렀다. 물에도 멱이라는 게 있다면 '너 죽고 나 죽고 해보자'고 자맥질이라도 하고 싶은 심정이었다.

섬사람들은 착했다.

골재상으로 떠도는 뜨내기라고 따돌려 놓을 법한데도 모둠밥에 숟갈 걸듯 한 식구로 대해줬다. 어름 줄에 장대 올려놓듯, 사다리 한가운데다 혼쭐을 걸어놓은 이경석이 한숨을 탁 쉬고 있을 때 최순우 일가가 나타난 것이다.

샛강 쪽에 사는 최순우와는 좀 떨어져 있긴 해도 같은 웃송정이었고, 서로 맘도 맞아 허물없이 지내는 처지였다. 이경석의 나이가 열 살 정도 위였지만 객지 벗 10년이라 하지 않던가. 공대도 아니고 하대도 아닌 농지거리하기가 예사였다.

최순우가 원두막을 나선다고 했을 때도 그저 내 자식들이거니 여겨 아이들을 떠맡았다. 돌보겠다고 했지만, 딱히 신경 쓸 일도 없었다. 막내 석희가 일곱 살이었으니 그 위로 다섯은 제 앞가림은 할 줄 아는 나이였다. 무섬증이 많은 막내 석희만 이경석 곁에 바짝 붙어 있을 뿐 다른 애들은 오재우네 애들과 같이 있었다.

달이 뜨면 비감해지는 것인가.

희끄무레하던 달빛이 푸르스름하니 변했다.

어디를 그렇게 쏘다니다 이제야 돌아왔는가.

반딧불이가 어지러웠다.

이 어린 꼬마가 묻는 '집'이란 어디를 말하는 것일까.

집 아닌 집이 어디 있고, 고향 아닌 데가 어디 있을까마는 그래도 집은, 푸녀울이었다.

그놈의 철조망 때문에, 아니 철조망보다 더 지독한 이념 때문에 갈 수 없는 곳. 내 고향 초탄리 푸녀울.

한 백 년쯤 지나면 녹아 없어질까. 철조망이 없어지면 사람도 없어지겠지. 아무래도 살아서 가보긴 다 틀려먹은 것 같았다.

고단했다. 참으로 먼 길 아니었던가.

자갈밭에서 뒹굴어온 한평생. 아늑한 어디 모래밭에서 쉬고 싶었는데….

이경석이 잠든 석희를 살포시 끌어안았다.

참 고운 것… 나한테도 이런 고운 애가 있었지….

이경석이, 아득히 멀어진 옛날과 그 옛날에 묻어온 아내와 자식들이, 반딧불처럼 깜박거렸다. 그리고 그들과 더불어, 조용히 불러내야만 떠오르는 고향도 깜박거렸다.

초탄리 푸녀울, 황해도 신계군 마서면….

박동순, 동식 형제가 송정 물탱크에 와보니 올라갈 틈이 없었다. 늦게 올라온 탓이었다.

두 형제는 안 다닌 데 없이 온 동네를 뛰어다녔다. 그들 형제는 늘 붙어 다녔다.

그때 박동순은 만기제대한 지 4개월 되었다. 동생인 동식이 보기에 형은, 다섯 살 많은 데다 군기가 넘치는 용사였다. 어디를 따라다녀도 든든했다.

아침나절, 그들도 마을 사람들이 다 하는 거랭이질을 했다. 물고기도 많이 잡았다. 물고기를 물받이용 커다란 대야에 한가득 담아놓고는 설핏 잠이 들려는데 어머니가 벼락 치듯 일으켜 세우는 게 아닌가.

어찌나 다급했던지 말소리조차 단솥에 튀밥 튀듯 했다.

매사 조신하고 느긋한 분이었다.

"아야, 야들아! 강가에 집덜 다 떠내려간다. 이를 어쩌누?"

"설마요?"

정말이었다.

옷이고 뭐고 잠자던 팬티 바람으로 뛰어나와 보니, 이게 우리 마을이 맞는가 싶었다. 웃송정 몇 집은 이삿짐이고 뭐고 물을 피해 나오기도 바빴다.

아랫송정이라고 다를 건 없었다. 키보다 더 커 보이는 파도가,

고삐 풀린 황소처럼 씩씩거리며 김중환네 집을 넘보고 있었다. 눈이 휘둥그레졌다. 거랭이질 하고 온 지가 불과 얼마나 됐다고, 그새 물이 이렇게 들어왔단 말인가.

믿기지 않을 일을 눈앞에 두고 보니 그저 멍할 뿐이었다.

그때부터 그 둘은 무엇을 했는지조차 모르게 뛰어다녔다. 웃송정 이삿짐이 바빴다. 아랫송정에서도 아우성이었다. 리어카를 끌고 소를 몰고, 이불 보퉁이를 짊어지고…. 누구네 것인지 어디다 놓을 것인지, 생각할 틈도 없었다. 그냥 들고 뛰었다.

형뻘 되는 이장수를 도와 동네 배를 나무에 묶어놓을 때까지만 해도 집 걱정은 안 했다. 그들 집은 김연수네 집과 담 높이를 같이했다. 물탱크가 있는 송정 말고는 가장 높은 데 위치했다.

설마 우리 집까지야, 했는데 웬걸! 집에 와보니 집에도 물이 아닌가!

다행히 부모를 비롯해 식구들은 송정으로 피난했는지 빈집이었다. 아니, 빈집이 아니었다. 방마다 이삿짐으로 가득했다. 마루고 헛간이고 잠실이고 빤한 데가 없었다. 짐뿐 아니라 소도 있고 돼지도 있고 개들까지 서성거렸다.

"야, 동식아! 저기 소고삐 좀 풀어줘라. 난 여기 기둥에 매달아 논, 끈부터 풀어놔야겠다."

허리춤을 잡고 늘어지는 물살을 헤집고 송정으로 쫓겨 올라왔다. 올라오긴 했지만 갈 곳이 없었다. 물탱크 위는 이미 사람들로 빼곡했다.

"성아? 우린 어디루 가?"

동식이 난감하다는 듯 제 형을 바라봤다.

동순이 걱정하지 말라며 주변을 둘러봤다. 온통 물밖엔 보이는 게 없었다.

동생한테는 걱정하지 말라고 했지만, 걱정이었다. 당장 피할 곳이 없지 않은가.

그 두 형제가 막막해 있자니 으르렁거리는 물소리를 타고 사람 소리 같은 게 간간이 흘러왔다. 저기는 소나무 숲인데….

매복 중인 병사가 견인줄을 감시하듯 귀를 세웠다.

사람 소리였다. 저녁 어스름할 때라 사물이 눈에 들어왔다.

"가자!"

소나무 숲이었다.

송정. 거기에 송판을 엮어 매단 원두막이 보였다.

그래, 일단 올라가고 보자. 그러나 거기에도 그들이 앉을 만한 자리는 없었다. 이 급박한 때, 엉덩이 한쪽 들이민다고 내쫓기야 할까마는 그들은 젊었다. 이 많은 나무 중에 걸터앉을 가지 하나 없으려고.

마침 바닥이 끝나는 자리에, 길게 놓인 송판 다리가 보였다.

물탱크 쪽에서 건너편 소나무에다 송판을 매달아 놨는데 물탱크조차 위험에 빠질 경우를 대비한, 비상탈출로인 것 같았다. 일종의 가교(架橋)인 셈이었다.

동순이 손짓하자 동식이 옆에 앉았다.

폭이 뼘 가웃이나 될까. 쪼그려 앉기에도 좁았다.

그러나 거기 말고는 달리 갈 데란 없었으니.

시나브로 밤이 이슥해졌다. 드문드문 별이 보이고….

덜컥 겁이 났다.

뛰어다닐 땐 몰랐는데 쪼그려 앉아서라도 쉬자니, 사면초가의 난감한 현실이 그저 두려울 뿐이었다.

막막했다. 길이 없지 않은가.

발밑에서 뱅뱅 도는 물이었다. 물러날 기미란 없어 보였다. 이 좁은 난간에서 더 어디로 피한단 말인가. 그래도 도망갈 궁리는 해둬야 할 거 아닌가.

넋 놓고 있다가는 무슨 변을 당할지도 모른다.

"동식아? 아부지하고 어무인 잘 계시겠지?"

"웬걸, 걱정하실 겨. 온종일 집에 없었잖여…."

"그러게. 우리 여기 있다고, 소리라도 지르고 올걸."

"생각이 났어야 말이지. 성아는 어뗘? 난, 슬슬 추운데."

그 말을 듣고 보니 추웠다. 추운 정도가 아니라 오돌오돌 떨렸다.

떨면서도 피식 웃음이 나왔다.

알몸에 팬티 바람이잖은가. 해변에 수욕 나온 것도 아닌데 수
영복이라니.

일어서서 팬티를 훌훌 털던 동순이 또 피식 웃었다.

화진포.

김일성 별장으로 더 잘 알려진 그곳. 병영(兵營)이 부표처럼 떠
올랐다.

긴 꼬리별 하나가 가슴에 박혔다. 수영복을 보내준 여자. 곱고
상냥하고… 따뜻한 말 한마디가 그리운 밤이었다.

힘을 내라고 희망을 잃지 말라고. 그래, 편지에서 그랬지. 노랗
게 물든 색종이에다 그렇게 보내왔지. 우리, 밤하늘의 별처럼 영
원히 함께하자고….

동순이, 마음속으로 여자의 이름을 몇 번이고 뇌었다.

이름 끝에 반딧불이가 날아올랐다.

이상했다. 저렇게 많은 반딧불이 한꺼번에 날아오르다니….

박동순이 뭔가 이상하다는 생각은 했지만, 별걱정은 안 했다.
발밑에 물은 그대로였다. 늘지도 않고 줄지도 않은 상태로 철썩
거렸다.

그런데 이게 웬일인가. 졸음을 쫓기 위해 기지개를 켜려는데

'우르르 쿵! 쾅!' 하는 소리가 고막을 찢었다.

상진대교 쪽이었다. 굉음은 한 번으로 그치지 않고 연이어 계속 들렸다. 폭탄 소리도 아니었다. 대포도 아니었다. 그 정도 굉음은 군대 있을 때 들어봐서 알았다. 하늘이 깨지고 땅이 꺼지는 소리였다.

지축을 뒤흔든 굉음이 끝나기도 전에 이번엔 '우당탕 탕!'하는 소리가 섬 위쪽에서 들렸다. 나중에 안 일이지만 처음의 그 엄청난 굉음은 상진대교가 무너지는 소리였다.

상진대교는 5번 국도인, 남한강의 북쪽인 상진나루와 남쪽 심곡리를 연결하는 다리였다. 그러나 실제 구조물을 뜯어보면 대교라는 말이 무색할 정도로 빈약했다.

길이는 길지 몰라도 나무로 된 목교였다. 거기다 다릿발은 왜 그렇게 다닥다닥 들러붙었는지 멀리서 보면 꼭, 지네나 노래기가 기어가는 형국이었다.

더 큰 문제는 목교라는 데도 있지만, 교각과 교각 사이의 넓이였다. 다릿발이 촘촘히 박히다 보니 다리 폭이 좁아졌고 그 좁은 다릿발 사이에, 떠내려온 부유물이 걸려 물을 막고 있었다. 교량의 기능은 인마의 통행에도 있지만 쾌활한 유속의 흐름도 보장해야 했다. 그런데도 막힌 다릿발 때문에 상진대교는 오히려 물을 가두어두는 댐이 되어버린 것이다.

설상가상, 강변을 따라 올라가면서 끝도 없이 들어선 미루나무였다. 어지간한 홍수의 힘만으로도 뭉텅뭉텅 떨어져 나가는 암벽이고 토사였다. 서낭신이 눈을 부릅뜨고 지키고 있던 몇백 년 묵은 괴목(槐木)도 거꾸러지는 마당에, 건들바람에도 휘청거리는 미루나무쯤이야 무슨 맥이 있겠는가. 미루나무를 비롯해 강가에 서 있던 나무란 나무는 죄다 뿌리째 뽑혀 떠내려왔다.

어디 그뿐인가.

산림녹화 원년이랍시고 벌목이 한창일 때여서, 나루터마다 쭉쭉 곧은 목재들이 산처럼 쌓여있었다. 그 많은 벌채목과 미루나무를 비롯한 온갖 나무들이 상진대교 다릿발에 걸려, 물길을 가로막고 있었으니.

댐도 이런 댐이 있을까.

막힌 물이 쌓이고 쌓여 사흘 동안을 버티다, 힘에 겨운 다릿발이 끝내 무너진 것이다. 전체 18개의 교각 중에, 그것도 하필이면 시루섬 쪽으로 놓인 다릿발 10개가 한꺼번에 무너졌다. 천수답 다랑논이 터져도 과원(瓜園)의 메뚜기가 하소연할 판인데, 폭 3백여 미터에 높이 20여 미터가 넘는 거대한 댐이 터졌으니 그 피해가 오죽하겠는가.

천지가 진동하고 산천이 떨었다.

그때까지만 해도 겨우 버텨오던 잠업연수원이었다.

파죽지세로 덮쳐오는 물 더미 앞에서, 아무리 현대식 건물인들 무슨 수로 견뎌내겠는가. 삭풍에 가랑잎 날리듯 휩쓸렸다. 그 엄청난 여파가 고스란히 시루섬을 향해 밀려오고 있었다.

밤이었다. 열하루 초승달만 간간이 얼굴을 내밀뿐 물소리조차 죽은 듯 조용할 때였다.

섬사람 누구도 상진대교가 무너져 내릴 줄은 상상도 못 했다.

시루섬은 상진대교 턱밑에 있었다.

우르르 쾅! 하는 소리가 지나가기도 전에, 거대한 물 더미는 이미 발 앞에 와 있었다.

물이 치솟았다. 조용하던 수면이 꿈틀거리는가 싶더니 비명을 질러댔다. 콰르르! 콰르르! 번개가 치듯 물빛이 번쩍하더니 미친 듯 밀려왔다.

물은 전마(戰馬)처럼 덮쳐왔다. 앞서 달리던 말이 고꾸라지기도 전에 뒤좇아 오던 말이 발굽을 치켜세우며 단말마를 질러 댔다. 수천수만 갈래로 덮쳐오는 물길은 광란 그 자체였다. 일파 이파 삼파…. 파동이 일 때마다 수위는 걷잡을 수 없이 높아졌다.

미친 듯 밀려오던 물줄기가 아름드리 참나무 허리를 잡아챘다. 나무가 휘청했다. 그래도 안 넘어가자 뒤따르던 물살이 연이어 물고 늘어졌다. 아무리 오래된 나무라 해도 배겨낼 재간이 없었다.

상진대교가 무너지기 전부터 물살에 시달려온 나무들이었다. 물살은 집요하게 아랫도리만 물어뜯었다. 모래땅이었다. 흡착기 같은 이빨로 물어뜯을 때마다 모래가 파헤쳐지고 뿌리가 드러났다.

설상가상으로 김연수 원두막 바로 밑에는 감자 저장고가 있었다. 말이 감사 저장고였지 감자를 저장하는 경우는 별로 없었고, 과수원에서 나는 복숭아 등속의 농산물이 대부분이었다. 언덕배기에 굴을 판 후, 그 언저리를 멍텅구리 벽돌로 마감하다 보니 작은 충격에도 허물어질 정도로 약했다. 지반이 텅 빈 감자 저장고 위에다 원두막을 지었으니, 겉보기엔 튼튼해 보일지 몰라도 실은 허방 위에 올려놓은 꼴이었다.

그 많은 소나무를 놔두고 참나무 밑에다 감자 저장고를 지은 이유는 간단했다. 바늘잎인 소나무와는 달리 참나무는 활엽수여서 그늘이 많았다. 참나무 이파리는 먹어도 탈이 없지만, 솔잎이 농산물에 섞여들었다간 득 될 게 하등 없었다. 또한, 참나무는 소나무와 달리, 송충이나 송화 같은 것도 없었다. 자연스레 참나무 아래에다 감자 저장고를 만들 게 된 거였다.

상진대교에 갇혀있던 거대한 물줄기가, 태산이라도 집어삼킬 듯 덮쳐왔다.

우르 쿵! 쾅! 하는 벽력같은 굉음이 연이어 들렸다. 사람보다 물이 먼저 놀랐는지 물살이 요동쳤다. 설핏 잠든 사이 굉음이 들렸다.

참나무 원두막에서 막내딸에게 젖을 물리고 있던 권복녀가 소리에 놀라 눈을 떴다. 원두막이 허공에 붕 뜨듯 흔들렸다. 물결이 철썩거리며 미친 듯 달려들었다. 놀란 그녀가 곁에 앉아있던 김영배 노인에게 물었다.

"어르신? 뭔 일인지 봐 봐요."

"내가… 어떻게 봐. 당최 보여야 말이지."

광주노인 김영배가 더듬더듬, 쪼그려 앉은 채 졸고 있는 아내를 깨웠다. 노인도 무슨 소린가 듣긴 들었다. 그러나 고희가 지난 노인이었다. 캄캄한 밤중에 뭐가 보이겠는가. 노인이 할 수 있는 일이란, 고만치 늙은 아내에게 위험이 닥쳤음을 알려주는 게 전부였다.

김영배가 아내의 어깨를 흔드는 것과 동시, 원두막을 엮고 있던 참나무가 기울었다. 나무 하나가 스르르 기울자 다른 나무도 연쇄적으로 넘어졌다. 원두막이 물속에 처박혔다. 원두막이 처박히면서 거기 있는 사람들을 물속에다 쓸어 부었다.

순식간이었다.

그 어떤 전조나 낌새도 없었다. 손써볼 틈도 없이, 막내딸을 안은 권복녀가 물속으로 빨려들어 갔다. 그 뒤를 이어 그녀의 자식들과 광주노인 부부가 떠내려갔다.

물살에 휘말린 권복녀가 필사적으로 딸을 끌어안았다.

내가 죽어도 너만은 지켜주마. 아니, 그런 생각도 아니었다. 뭘 해야겠다는 다짐 같은 건 깨어있을 때나 가능한 일이었다. 목전에 닥친 죽음 앞에서 어미가 할 수 있는 일이란 그저 본능에 따라, 눈물겨운 모성애가 있을 뿐이었다.

아! 이를 어찌할 것인가. 그토록 필사적으로 쥐고 있던 아이가 없어졌다. 두 번인가 물속에 빨려들어 갈 때만 해도 잡고 있던 아이가….

손에 힘이 빠졌다. 차라리 나를 데려가지!

꿈결인 듯 아이가 외치는 소리가 들렸다.

"엄마! 엄마!"

강물에 떠내려가며 어린것들이 허우적거렸다.

살려달라고 손을 치켜들었다.

그래, 내가 가마! 내가 가마!

귀복녀가 발버둥 쳤다. 그러나 아무리 발버둥 쳤지만 제자리였다.

악몽이었다. 뱀한테 쫓겨 혀를 빼물고 도망쳐보지만, 발걸음이 떼이지 않는 악몽, 그 악몽이 물속에 도사리고 있었다. 손에 힘이 빠지고 다리도 녹아내렸다. 겨울옷만 입지 않았어도 어찌해보겠는데 누비바지 때문에 다리를 움직일 수가 없었다.

아이들이 떠내려가는 걸 보면서도 어찌해 볼 수 없다니! 아이들이 물속에서 '가라앉았다 떠올랐다'를 반복했다. 자신 역시 강물에 휩쓸려 떠내려가면서도 눈에 잡히는 건 오직 아이들뿐이었다.

옆에서 서늘한 바람이 불었다.

김연수 일가가 묶어놓은 원두막 쪽이었다.

이경석이 눈을 번쩍 떴다. 잘못 본 것인가. 어두워서 보이지 않는 것인가.

보이지 않다니! 없어졌다. 원두막이 통째로 사라지고 그 자리엔 비스듬히 기운 참나무 몇 그루만 보이지 않는가. 아차, 싶어 곁을 본다. 없다. 애도 없어졌다.

조금 전까지도 어깨에 머리를 기대고 있던 석희가 보이지 않았다.

얘, 석희야! 하고 부르려는데 그 소리보다 먼저 물이 덮쳐왔다.

참나무가 넘어지자 곁에 있던 소나무까지 넘어졌다. 뿌리가 다 드러난 나무들이었다. 상진대교에 갇혀있던 거대한 물줄기가 덮치자 가까스로 버티고 있던 나무들이, 연쇄적으로 넘어지기 시작했다.

어느 나무가 먼저랄 것도 없었다.

원두막이 출렁하자 이경석이 저도 모르게 가교에 놓인 다른 나무로 건너뛰었다. 아름드리 소나무였다. 양팔로 나무 허리에 매달려, 물속에 빨려들어 가는 원두막을 보는 순간.

아! 이게 어찌 된 일인가. 치마폭에 얼굴이 감긴 어린애가 허우적거리고 있었다. 석희였다.

이경석이 반사적으로 물속으로 뛰어들었다. 회오리치는 물살 한가운데로 뛰어든 그가 여자애 치마폭을 잡아당겼다.

"나다. 얘야! 할애비…."

우엑, 물을 토해낸 석희가 이경석의 목덜미를 끌어안았다. 일곱 살짜리 여자애의 악력이 이리도 세다니.

그가 여자애를 밀쳤다. 떼어내야 했다. 얼굴이 여자애한테 가려 앞이 보이지도 않을 뿐 아니라, 하도 세게 끌어안는 바람에 헤엄을 칠 수가 없었다. 그러나 여자애는 떼어내려 하면 할수록 기를 쓰고 달라붙었다.

그래 가는 데까지 가보자.

이경석이 물속을 이리저리 돌아쳤다. 그냥 물속이 아니었다. 소용돌이였다. 수면에서 보면 잔잔한 것 같아도 물속은 빠른 속도로 휘감기며 흘러갔다.

아무리 자갈밭에서 굴러다닌 체력이라 해도 소용돌이 속에서는 지푸라기에 불과했다. 그의 머리가 바위에 부딪혔다. 그가 종잇장 구겨지듯 나가떨어졌다. 그 충격에 여자애도 손이 풀렸다.

거대한 물줄기가 그들을 휘감더니 강심 어딘가에 내팽개쳤다.

원두막이 넘어졌다. 원두막이 있던 자리에선 살려달라는 비명만이 애절했다. 그러나 그 비명조차도 얼마 못 가 물살에 휩쓸려갔다.

한순간이었다. 눈 깜박할 사이에 벌어진 일이었다.

끈이 잡혔다. 오재우가 원두막을 내려가면서, 어떤 일이 있어도 '이 끈만은 잡고 있어야 한다'고 일러준, 바로 그 우마차용 바였다.

원두막 주변의 나무들이 줄줄이 넘어지면서도 다행히 바를 맨 나무는 서 있었다. 바 곁을 떠나지 않은 게 천행이었다. 아니 자식들을 걱정한 오재우의 혜안이었다.

오재우의 4남매, 근탁·원탁·천탁·정숙이와 최순우의 3남매, 석옥·석준·석호 등 일곱 명이 그 줄에 매달렸다. 힘에 부쳐 놓치기라도 한다면 당장 강물에 떠내려갈 판이었다.

"조금만 참자, 조금만!"

"석호야? 네 형 어깨에 다릴 걸쳐!"

"원탁이 넌, 정숙이 안 떨어지게 조심하고."

남매들끼리 서로 부축하고 용기를 북돋우며 줄에 매달렸다.

그들 일곱이 줄 하나에 매달려 사투를 벌이고 있을 때, 맨 위쪽에 있는 소나무에서도 두 젊은이가 떨고 있었다.

박동순, 동식 형제였다.

가까스로 그들은 물속에 휩쓸려가진 않았다.

맨 위쪽에 있다 보니 상진대교가 떨어져 나가는 소리를 들을 수 있었다. 위험을 직감하고 피해야겠다고 생각한 건 잠업연수원이 무너지는 소리를 듣고 나서였다.

꽝음과 함께 집채 같은 물 더미가 덮쳐왔다. 나무들이 휘청하는가 싶었는데 원두막이 물속으로 곤두박질쳤다. 곤두박질치면서 그들이 쪼그려 앉아있던 송판까지도 우지끈하면서 떨어져 나갔다.

그 순간 앞에 있던 박동순이 옆 소나무로 뛰었다.

"야! 동식아, 뛰어!"

어린 동식이 제 형을 믿고 건너뛰었다. 젊은이들이니 가능한 일이었다. 캄캄한 밤에 나무와 나무 사이를 건너뛴다는 게 생각처럼 쉽겠는가. 노약자들이었다면 건너뛰기도 전에 물속에 빠졌을 것이다.

소나무에 매달린 두 형제 머리 위로 달빛이 비쳤다.

"동식아, 우리 헤엄쳐 빠져나갈까?"

"……."

"그래, 죽어두 같이 죽자."

동식이 제 형의 곁으로 바짝 붙었다.

'우르르 쾅! 쾅!'

하늘이 깨지고 땅이 갈라지는 굉음이 천지를 뒤흔들었다. 물 탱크가 깨지는 줄 알았다. 사람들이 서로의 얼굴을 쳐다보면서 어리둥절해 있을 때, 소나무 숲이 어수선했다.

불안한 마음에 오재우가 머리를 쳐들었다.

그는 뱃멀미를 심하게 하는 바람에, 배에 있지 못하고 물탱크 사람들 틈에 섞여 있었다. 물탱크에 올라와서도 비위가 약하다 보니 연신 구역질이었다. 젊은이들이 짜놓은 방호벽 안쪽에서 바람을 맞고 있었다.

천지가 깨지든 물탱크가 어찌 되든, 원두막만 안전하기를 바랄 뿐이었다.

가족들 걱정으로 노심초사하고 있을 때 굉음이 들린 것이다. 그 굉음은 물탱크에만 온 게 아니라 원두막에도 갔던지 나무가 비스듬해 보였다.

뭔 일이야 있을라고. 아름드리나무가 한두 대도 아니고. 별일이야 없겠지. 불안한 마음을 다독이며 강물을 내다봤다. 시퍼런 달빛이 유리 조각처럼 떠다녔다. 깨진 유리 조각에 살을 베였을 때처럼 손끝이 알알했다.

팔을 너무 오래 들고 있었나 보다.

오재우가 어질한 현기증을 느끼며 팔을 약간 내렸다. 그러자 소리가 들렸다. 귀에 익은 소리였다.

처음엔 멀리서, 종잡을 수 없이 희미한 소리가 점점 커졌다. 가까이 다가올수록 다급해졌다. 외마디였다.

"아부지!"

아니 저 소리는? 막내딸 정순이 아닌가!

"살려주세요! 아부지!"

"정순아!"

딸이었다. 딸이, 강물에 떠내려가면서 애비를 찾고 있었다.

물속에서 허우적거리는 것이 딸이라는 생각이 들자, 오재우가 물로 뛰어들었다. 그러나 그 역시 악몽을 꾸고 있었던 것일까. 강물 속으로 분명 몸을 날렸는데 제자리걸음이었으니.

"놔라, 놔! 이놈들아, 제발 좀 놔줘!"

그가 물로 뛰어들려 하자 스크럼을 짜고 있던 젊은이들이 막은 것이다.

오재우가 길길이 뛰었다.

"정순아! 정순아! 저 애를!"

실성한 채로 발버둥을 치던 오재우의 숨이 멎었다. 기절한 것이다. 젊은이들이 강물을 퍼다 얼굴에 끼얹었다. 숨은 쉬었지만, 강물보다 더 붉은 피눈물이 바닥을 적셨다.

이마가 깨져라, 땅을 치며 통곡하는 그 통곡 소리가 어찌나 애처롭던지 듣는 이의 심장이 녹아내렸다. 어린 자식의 주검을 품에 안고 있던 최산옥이 애처로운 눈빛으로 오재우를 바라봤다.

달빛이었을까. 최산옥의 얼굴 뒤로 둥근 광배가 어른거렸다.

11부

구명선

물이 줄었다. 그 틈새로 빛이 스며들었다.

여명이었다. 아! 드디어 날이 밝는구나.

물이 줄기 시작하자 눈에 띄게 쑥쑥 줄었다. 들어오는 것도 순식간이었지만 물이 빠지는 속도는 더 빨랐다. 사람들이 그제야 안도의 한숨을 쉬었다.

여명의 틈새에 배를 띄웠다. 가족들 걱정에 발만 동동 구르고 있던 가장들이었다. 김연수가 배에 오르자 오재우가 퉁퉁 부은 눈으로 뒤를 따랐다. 최순우가 삿대를 잡고 이장하, 김승환이 노를 저었다. 이웃에서 고락을 같이해온 친구들이었다.

물을 거슬러 올라가 원두막부터 찾았다.

김연수가 망연자실했다.

원두막이 보이지 않았다. 원두막을 지탱하고 있던 참나무들조차 다 떠내려가고, 원두막이 있던 자리엔 차디찬 강물만 철썩이고 있었으니.

막내딸이 떠내려가는 걸 본 오재우가 강물로 뛰어들겠다고 울부짖을 때도, 아름드리 참나무에 엮어놓길 잘했다고. 우리 원두막은, 우리 식구들은 괜찮겠지, 철석같이 믿고 있었던 김연수였다.

그런데 그 아름드리 참나무가, 원두막이, 흔적도 없이 떠내려가다니!

말문이 막힌 김연수였다.

넋이 나간 듯 김연수가 아! 하는 탄식만을 썰물처럼 뱉어냈다.

그래도 옆의 원두막은 거꾸로 처박혀있긴 했어도 흔적은 보였다. 그때까지도 바에 매달려 있던 아이들이 배로 뛰어내렸다. 오재우 4남매와 최순우의 3남매였다. 오재우가 그나마 다행이라고 아이들을 다독였다. 최순우 역시 마찬가지였다. 그러나 그 반가움이 얼마를 가겠는가.

"야들아? 니 엄마는? 경탁이하고 정순이… 허이고, 정순아!"

막내딸 정순을 생각하자 오재우의 말문이 막혔다.

"석준아! 석호야! 석옥이도 있구나. 석희… 석희는?"

최순우 역시 망연자실했다. 혼 빠진 허수아비처럼 서 있는, 제 아버지 품에 안긴 아이들이 울었다. 그동안 참았던 눈물이 쏟아지기 시작하자 걷잡을 수가 없었다. 그래, 그래. 내 잘못이라고 이 애비 잘못이라고. 오재우와 최순우가 애들을 끌어안고 같이 울었다.

하! 하도 기막힌 일을 당하고 보니 말문조차 막혀있던 김연수가 꿈에서 깨어난 듯 소리쳤다.

"가세! 가! 얼른 가서, 애들 찾아야 할 거 아녀. 니들은 여기 더 있다, 물이 다 빠지면 성종으로 가고. 허… 뭣들 혀! 서두르자니까!"

그랬다. 살아남은 자식이야 울고불고할 날이 얼마든지 있겠지만 급한 건, 보이지 않는 식구들이었다.

마을 배는 빨랐다.

강물이 썰물 빠지듯 줄었다.

누가 와서 구해주기를 기다리고 있을, 가족들을 생각하니 1분 1초가 급했다. 정신없이 노를 젓다 보니 어느새 김연수네 집 근처였다.

집은 없었다. 어림짐작에, 수제비 뜨듯 수면 위로 쪼르륵 내민 뽕나무를 보고 짐작할 뿐이었다. 아, 저게 우리 집인가? 김연수가 집이 자리했던 쪽을 바라보며 한숨을 푹 쉬는데 근처 어딘가에서 사람 소리가 들렸다.

"아부지! 여기유! 여기! 희옥이 여깄어유!"

큰애였다. '아부지'에 '아' 자만 나와도 알아들을 목소리였다. 김연수가 물이고 뭐고, 그냥 뛰어내렸다. 다행히 물은 줄어 어깨에 걸쳤다.

큰딸 희옥이 뽕나무 가지에 매달려 있었다.

뽕잎이 무성할 때였다. 물에 떠내려오면서 허우적거리다 보니 뽕나무 가지에 손이 닿은 것이다. 김연수가 딸을 덥석 끌어안았다.

큰딸을 배에 태우자 그 무겁던 배가 날듯이 가벼웠다.

노를 저으려는데 과수원 어디쯤에서 귀에 익은 목소리가 또 들렸다. 이건 물도 아니라고, 노를 팽개친 그가 달려갔다. 물이 어찌나 빨리 줄었던지 어깨에 걸치던 물살이 허리에 걸렸다.

아내였다. 그의 아내 권복녀가 감자 저장고 철조망에 걸려 소리만 지르고 있었다. 천우신조였다. 철조망에 걸려 살아나다니.

과수원 주인 김영주가 감자 저장고 주변에다 울타리를 치겠다고 할 때만 해도, 동네 사람을 도둑놈 취급하는 것 같아서 영 마뜩잖았었다. 그런데 그 철조망에 아내가 걸려 살아나다니.

그녀가 살아날 수 있었던 건, 철조망도 철조망이었지만 겨울용 누비바지 덕이었다. 질기고 투박한 누비바지가 철조망 철심에 꿰이는 바람에 떠내려가지 않은 것이다. 누비바지 때문에 헤엄을 못 쳐 아이들을 잃었는데 이번엔 그 누비바지 덕에 살아남다니. '병 주고 약 주고'였다.

감자 저장고도 마찬가지였다.

하필이면 감자 저장고라니. 감자 저장고만 없었어도 그리 쉽게 넘어가진 않았을 참나무요, 원두막이었다. 가족을 잃어버린 원인이, 멍텅구리 벽돌로 만들어진 감자 저장고라고 원망을 하던 참이었다. 그런데 그 감자 저장고 둘레에 쳐놓은 철조망에 걸려 목숨을 구하다니.

김연수의 아내는 걸을 만했던지 아이들부터 찾으라며, 물탱크 쪽으로 걸어갔다. 한 가족이 몽땅 물에 떠내려간 건 김연수네였다. 다른 집들은 그래도 자식 한둘은 밧줄을 잡거나 나무에 매달려 살아남았는데 그들은 원두막이 통째로 넘어가는 바람에 손쓸 겨를이 없었다.

큰딸과 아내를 구하긴 했지만, 아직도 멀었다. 세 아들과 막내딸 순남의 행방을 찾아야 했다. 제 엄마 품에서 젖을 물고 있어야 할 어린 것이, 차디찬 강물 속이라니. 가슴이 미어졌다.

일남아, 영남아….

이름이라도 불러야겠는데 목이 메어 말이 나오지 않았다.

집 울타리 삼아 둘러친 뽕나무에 걸려있는 막내딸이 보였다.

"아가! 아가!"

시신을 끌어안은 김연수가 넋을 놓았다.

김연수를 다독인 사람들이 뿔뿔이 흩어졌다.

걸어 다녀도 될 만큼 물이 빠졌다. 물이 빠져나간 동네는 쑥대밭이 아니라 완전 폐허였다. 어디가 집이고 어디가 밭이었는지 흔적조차 없었다. 무쇠솥만이 덩그렇게 굴러다녀, 거기가 집이었음을 짐작게 했다.

그러나 그들 눈엔 아무것도 보이지 않았다. 집이 전답이 세간이, 무에 소용이란 말이냐! 애들만 찾을 수 있다면, 자식들만 구해낼 수 있다면 목숨이라도 내던질 판에, 그깟 것들이 다 무에 소용이란 말이냐!

멀리서 희미하게나마 자신의 이름을 부르는 소리가 들렸다.

강물에 떠도는 이름은 분명 자신의 이름이었다. 그러나 움직일 수가 없었다. 물이 줄어들기는 했지만, 깊이를 알 수 없는 수심이었다.

그렇다고, 여기요! 하고 소리칠 수도 없었다. 나무에 매달려 있는 줄 알면 어떻게든 달려올 것이다. 구해야겠다는 생각만으로 뛰어들기에는, 물살도 그렇고 수심도 그렇고, 너무 위험했다.

지금껏 참고 기다렸는데 한두 시간 정도야 더 못 기다릴 것인가.

문제는 시간이 아니라 머리 위를 휘젓고 다니는 저놈들, 쥐 떼였다.

정신을 잃었다 깨어나 보니 가슴이 답답했다. 물속이었다. 살려달라고 아우성치는 소리가 희미했다. 막냇동생을 껴안은 어머니가 보였다. 동생들의 아우성을 밀어낸 그가 어머니 쪽으로 헤엄을 쳤다. 남동생 둘은 수영이라면 자신 있었다. 그들은 제 앞가림은 할 것이다.

어머니를 구해야 한다. 아니 젖먹이 막내만 구해내면 어머니 역시 개헤엄이라도 칠 것이다. 어머니한테서 막내를 데려오겠다는 생각으로 팔을 뻗었다. 그런데 이게 웬일인가. 팔이 둔했다. 다리는 아예 움직여지지도 않았다. 아무리 힘껏 당겨도 물속으로 가라앉기만 했다. 그렇게 몇 번을 허우적거린 다음에야 겨울옷 때문이란 걸 알았다. 젊은 나이였다. 평소 같았으면 이 정도 물살을 벗어나기는 쉬웠을 것이다. 그러나 회오리치는 물살을 뚫고 옷을 벗자니 몸의 균형을 잡을 수가 없었다.

혁대를 풀고 어렵사리 아랫도리를 벗었다. 윗도리를 벗으려는데 급류가 휘몰아쳤다. 급류에 휘말려 떠내려가면서도 살아야 한다는 생각만 움켜쥐었다. 물살을 벗어나려고 발버둥 칠수록 물살에 휘감겼다. 급류에 몸을 맡겼다. 물살에 몸을 맡기자 비로소 물살이 그를 물 밖으로 내동댕이쳤다.

나무에 걸렸다. 아, 이젠 살았구나!

나무를 잡고 올라가려는데 뭔가 서늘하게 잡혔다.

뱀이었다. 뱀도, 나무에 걸렸던지 아니면 거기까지 헤엄을 쳐 왔던지, 암튼 그 자신보다 먼저 둥치에 오르고 있었다. 나뭇가지를 꺾어 후려쳤지만, 그놈도 여기 아니면 갈 데가 없다는 듯 요지부동이었다.

그래 어쩌겠나. 너도 살고는 봐야겠지. 그가 뱀을 포기하고 나무둥치에 붙어 있는데 이건 또 무슨 일인가. 뱀을 올려놓고 보니 머리가 뒤숭숭했다. 물에 젖은 머리카락 때문인가 싶어 만져봤지만 별 이상은 없었다. 찍찍거리는 소리를 듣고 나서야 그게 쥐 때문이란 걸 알았다.

아니, 정확히는 뱀 때문이었다. 자리를 잡고 있던 쥐들이, 난데없이 들이닥친 뱀을 보고는 소동을 일으킨 것이다. 비에 쫄딱 젖은 생쥐들이었다. 이 가지에서 저 가지로 뛰다 넘어지는 놈에, 저놈의 자슥 저러다 강물에 떨어질라 한소리 지르는 놈에, 그래도 고냥이란 놈이 아니길 얼마나 다행이냐며 자위하는 놈에, 이 나무가 노간주나 아카시아 같은 가시나무였음 뱀이나 인간들이 못 왔을 텐데 애석해 하는 놈에, 한 놈이 한마디씩 하고 두세 놈씩 엉겨 붙어, 나무 위는 그야말로 난장판을 방불케 했다.

그러나 그 쥐들 역시 이 나무 말고는 갈 데가 없었다. 다행히 뱀이 먼저 공격할 것 같진 않았다. 놈도 지쳤던지 똬리를 틀고는 혀만 널름거리고 있었다. 물이 줄자 제일 밑에 있던 그가 제일 먼저 내려왔다. 살구나무였다.

물이 줄어들자 배가 땅에 닿았다. 다들 배에서 내려 없어진 가족들을 찾았다. 질퍽한 진창을 헤치며 사람들이 나타났다. 물탱크에서 내려온 동네 사람들이 같이 찾아보자고 나선 것이다.

오재우의 처 김덕순과 밧줄을 놓치고 떠내려갔던 셋째 아들 경탁을 나무에서 구했다. 오재우가 그 둘을 끌어안고 목을 놓았다.

달빛에 떠내려간 막내딸 정순이는 끝내 보이지 않았다.

최순우도 막내딸 석희를 찾아 헤맸지만 어디서도 볼 수 없었다.

나루터 쪽으로 가보자고 사람들이 샛강 쪽으로 들어섰다.

붕어떡거리는 샛강과 본강이 만나는 합수머리라 시신이라도 건졌으면 하는 심정에서였다.

느티나무 베어진 데로 가려는데 '사람 좀 내려달라'는 소리가 들렸다. 사람 소리는 분명한데 그렁그렁, 쉰 소리였다. 나무 위를 쳐다보니 노인이었다. 김영배 부인이었다. 광주 노인으로 불리던 김영배의 나이가 일흔다섯이니 그녀 나이도 그쯤 됐을 거였다.

물살에 뒤채여 아무거나 잡는다고 잡았을 땐 몰랐는데 물이 빠지고 나자 나무 꼭대기였다. 내려다만 봐도 어질어질했다. 동네 청년을 불러 안노인네를 업혀 보냈다.

부부의 연이 깊어서일까.

김영배 노인이 그 옆 길가 나무에 걸쳐있었다.

온몸이 푸르딩딩 굳어 있는 게 죽은 지 오래된 것 같았다.

누구네 식구라 할 것 없이, 다 같은 식구요 한동네 사람이었다.

원두막이 강물에 쑤셔박혔다. 거기 있던 사람들이 휩쓸려갔다. 한둘도 아니고 서른 명에 가까웠다.

물이 빠지고 나니 섬 전체가 한눈에 들어왔다.

물 빠진 시루섬은 섬도 아니게 좁아져 있었다. 다 떠내려가고 보이는 거라곤 벌겋게 피 멍든 뽕나무뿐이었다.

누에를 쳐서 먹고살았던 마을. 무엇보다도 뽕나무만큼은 귀히 여겼다. 그래서였을까 이번엔 뽕나무가 마을을 구해냈다. 많은 사람이 뽕나무를 잡고 살아났다. 유실될 뻔한 시신이라도 건지게 해주었다.

김기석이 길을 건넜다.

아니지, 어제만 해도 길이었으나 지금은 자갈 무덤으로 변한 모퉁이를 지나려는데 신음이 들렸다. 그 역시 뽕나무였다.

송아진가? 황토색 누런 짐승이 뽕나무에 걸려있는 게 아닌가. 짐승이라도 생사는 확인해야겠기에 작대기를 집어 들고 다가갔다. 다가서던 그가 흠칫 놀랐다.

사람이라니! 옷이고 머리고, 온몸이 흙투성이로 누군지 알아볼 수는 없었으나 사람인 것만은 틀림없었다.

"사람이다! 여기, 사람이 있어유!"

주변에 있던 사람들이 우르르 몰려왔다. 길가 뽕나무에 걸려 사경을 헤매고 있는 사람은 골재상 이경석이었다.

사람들이 그를 둘러업고는 뛰었다.

얼굴이라도 씻겨야 하는데 물이 없다. 제기랄! 철천지원수처럼 넘쳐날 땐 언제고 세수할 물조차 없다니. 옷을 벗어 얼굴을 닦았다.

사람이랄 것도 없었다.

입술을 닦아주자 무슨 말인가 하려다 힘에 부쳤는지 입만 벌름거렸다. 모닥불을 피웠다. 추위와 공포에 시달린 이경석이 사시나무 떨듯 떨었다. 팔다리를 주물러주고 모닥불에 온기까지 쏘이자 힘겹게 눈을 떴다.

"최에… 최…"

"뭐여? 체애! 먼 체?"

이경석이 무슨 말인가 중얼거렸지만 알아들을 수가 없었다.

곁에서 조바심하던 노명진이 끼어들었다.

"채여, 최여? 누굴 찾수!"

노명진은 이경석의 옆집에 살고 있어 누구보다 그를 잘 알았다.

이경석이 찾을 사람이란 가장 친한 최순우일 거라는 생각이 들자,

"순우 성님, 최순우? 샛강 순우 성님 찾소?"

이경석이 힘겹게 눈을 껌벅였다.

막내딸을 찾고 있던 최순우가 불려왔다. 숨이 넘어가기로 말하면 최순우가 먼저 넘어갈 것 같았다. 가쁜 숨을 몰아쉰 최순우가 이경석의 손을 그러잡았다.

"정신 차리시우! 나요, 순우."

최순우를 알아본 이경석이 힘겹게 입을 뗐다.

"미안… 미안허네. 석… 그 앨…"

이경석이 숨결을 쥐어짜 가며 '석희'를 불렀다.

아마도 지켜주지 못해 미안하다는 말 같았다. 이경석이 눈물을

주르르 흘리더니 조용히 눈을 감았다. 최순우도 울고 곁에서 지켜보던 모든 이가 울었다.

어디 외진 섬마을. 아는 사람 하나 없는 객지에서, 구르는 자갈처럼 그렇게 떠돌다, 모래밭에 묻혔다. 그 어떤 장송이나 영구도 없이 쓸쓸히 떠나간 삶이었다. 실성한 듯, 그날 이후 그의 아내를 봤다는 사람은 아무도 없었다.

12부

여명, 뽕잎처럼

섬이 떠올랐다.

날이 밝기 시작했다. 달이 지고, 달 그늘 어룽진 자리에 햇발이 들어섰다. 희부연 여명이 물탱크 주변을 맴도는가 싶더니 온 사방으로 퍼졌다.

빛을 본 물이 도망쳤다. 쏴! 쏴아! 물이 물러나기 시작하자 들어올 때보다 훨씬 더 빨랐다.

급속히 물러나는 물을 보며 이장수가 사다리를 두드렸다. 그 악스러운 물살에 어디 부러진 데는 없는지 점검해 보는 것이다. 다행히 세워놓은 그대로였다.

보조 탱크가 드러났다.

아! 살았구나. 살았어! 이장수가 소리를 질렀다. 기력을 회복했는지 쩌렁쩌렁했다.

"물이 빠졌소! 천천히 조심해서 내려갑시다!"

푸른 여명 사이로 쩌렁쩌렁 울리는 목소리가 섬 전체를 들썩이고 있건만 선뜻 나서는 사람은 없었다. 물이 줄었다고는 해도 물살은 여전히 날카로운 이빨을 드러내고 있었다.

푸르스름한 여명이었다. 날이 밝자면 한참을 더 기다려야 했다.

지금껏 참았는데 조금만 더 기다렸다 안전해지면 내려가겠다는 생각들이었다. 보다 못한 이장수가 맨 가장자리 젊은이들부터 몰아세웠다.

"이 좁아터진 데서 낑낑대지 말고, 저기 봐, 저! 다 빠졌구만. 복수야! 뭣 혀. 니 아부지 모시고 얼른 내려가라는 데도!"

"중환이 성님도, 고만 어물거리고 어성 내려가요! 식구들 구하러 나간 사람들 생각도 해야지!"

쩌렁쩌렁 울리는 목소리에 당할 재간 있겠는가. 섬사람치고 그 성질 이길 사람은 또 누가 있겠고.

복수가 제 아버지 김대종을 부축해서 내려갔다. 그들 뒤를 따라 물탱크에 있던 사람들이 내려갔다. 어떻게 이 높은 델 올라왔을까.

사다리를 잡은 손이 떨렸다. 발을 디디려 해도 무릎이 굽혀지지 않았다. 콩나물시루같이 좁은 데서 옴짝달싹 못 한 채, 밤새도록 두 팔을 올리고 있었으니 몸이 굳어버린 거였다.

사람들이 내려간 물탱크엔 온통 신발로 너저분했다.

옆 사람 발을 밟을까 봐, 누가 시키지도 않는데 사람들 스스로 맨발로 있었다. 이장수가 신발을 대충 긁어모아 바닥으로 내던졌다. 땅바닥으로 내려간 사람들이 신발을 신었다. 먼저 잡는 사람이 주인이었다. 발에 맞을 리도 없고 남자 여자 가려서 신을 처지도 못 되었다.

그런데 맨 마지막까지 물탱크에서 내려오지 못하고 서성이는 사람이 있었다. 스웨터에 아기를 안고 있는 사람은 최산옥이었다.

사람들은, 그녀가 왜 못 내려오고 있는지, 왜 아기만 끌어안고 있는지를 몰랐다. 그저 어질병이 도졌나 보다. 넋이 나갈 만도 하지. 그 지옥 같은 데서 시달린 사람 쳐놓고, 정신 온전한 사람이 어디 하나나 있다던가. 갓난애 젖을 떼면 내려오겠지. 다들 그렇게 생각했다.

　이장수 역시 그렇게 생각했다. 아이를 받아줄 생각으로 스웨터에 아기를 받아든 이장수가 망연자실했다. 시신 아닌가! 아기 얼굴에 시반이 일고 있는 거로 봐서 죽은 지 한참 지난 것 같았다. 목이 메 아무 말도 할 수 없었다. 무어라 위로의 말 한마디 해주긴 해줘야겠는데 죄스럽고 먹먹해서 말을 할 수가 없었다.

　곁에 있던 청년이 그제야 사태를 눈치채고는 아이를 넘겨받았다.

　"성님이 먼저 내려가서 아이를 받아유. 지는 승환 어머닐 부축해 내려갈게유."

　최산옥이 힘겹게 내려오자 다들 그녀를 붙잡고 울었다.

　기다리고 있던 그녀의 남편이 죽은 아기를 안아 들었다. 한 손엔 삽이 들려있었다. 가슴을 부여잡고 있던 그녀가, 공동묘지 쪽으로 올라가는 남편을 하염없이 바라봤다. 눈물마저 마른 눈에선 핏물이 고였다.

　어렵게 내려간 바닥은 그야말로 지옥 한가운데였다.

물이 빠진 섬은, 사람이 살던 데가 아니었다.

집이고 길이고 흔적이 없었다. 온 섬이 모래밭이고 자갈 무덤이었다. 보이는 거라곤 황토물에 벌겋게 물든, 수마가 파헤쳐놓은 잔해들뿐이었다.

강가에 있던 집들은 흔적도 없었다. 기둥뿌리 하나 남아있질 않아, 그 터마저도 어디가 어디였는지 모를 지경이었다. 간간이 무쇠솥만이 나뒹굴고 있어, 집터가 아니었나 짐작할 뿐이었다.

집 형체라도 남아있는 집은 물탱크 주변, 그러니까 '성종꾸미'라고 하는 섬에서 제일 높은 데 위치했던 이장열·이장수 두 형제네와 박현철 등 서너 집이 고작이었다.

박현철네는 물탱크보다 조금 낮은 데 위치했는데도 집을 지은 지가 얼마 안 된 신축건물이라 버텨낼 수 있었다. 그러나 기둥뿌리 몇 개에 지붕만 남아있어 겉모양만 집이었지, 집이라 하기에도 민망한 폐가였다.

나귀가 여물 빼먹듯 세간은 쏙쏙 다 빠져나가, 집 안 구석구석엔 흙더미만 쌓여있었다. 문으론 들일 수 없어, 방안에서 조립하고 꿰맞춘 장롱이었는데 무슨 재주로 빼 갔는지 유리 조각 하나 남아있질 않았다.

집도 집이지만 농경지가 문제였다.

밭과 밭 사이의 경계는커녕, 어디가 밭이고 어디가 길인지조차 구별할 수가 없었다. 지적도를 올려놓고 본다 해도 그냥 자갈밭이고 모래땅일 뿐이었다.

시퍼런 싹이 한창 무성할 때였다. 어제까지만 해도 탱탱한 알갱이가 주렁주렁했었는데 싹 한 폭 보이지 않았다. 용케도 땅콩이 있던 자리만 싹 쓸어갔다. 땅콩 대신 감자알만 한 자갈돌만 굴러다녔다.

굴러다니는 건 자갈돌만 아니었다. 저렇게 큰 자갈도 있나 싶어 자세히 보니 유골이었다. 물살이 어찌나 셌던지 공동묘지까지 파헤쳐놓은 것이다.

관 뚜껑은 물론 널이고 횡대고 풍비박산으로 흩어져, 그야말로 목불인견이 따로 없었다. 관에 있던 유골이 썩은 삭정이 부러지듯 나뒹굴었다. 생전에 청산하지 못한 죗값이 얼마인지는 몰라도, 팔은 팔대로 다리는 다리대로 허옇게 널브러졌다. 살점 한 점 없이 육탈 된 해골은 오욕칠정 다 내려놨을 법하건만 무슨 미련이 남았기로, 저리도 시리도록 아픈 새날을 기다리고 있는지….

사람이 살던 마을엔 자갈과 유골만이 뒹구는 폐허의 땅, 저주받은 지옥으로 변해 있었으니.

집이고 건조실이고 회관이고, 사람이 지은 건조물은 지푸라기 하나 남지 않고 떠내려갔다. 길도 마찬가지였다. 눈에 보이는 거라곤 돌과 모래, 축 늘어진 소나무 몇 그루. 수마가 토해놓고 간 부유물이 전부였다.

그래도 뽕나무였다. 참나무는 물론 웬만한 소나무조차 뿌리째 뽑혀 나갔다. 별로 크지도 않고 유약하기 그만인 나무인데도 건재했다. 흙물을 뒤집어쓰는 바람에 몰골이 말이 아니긴 했지만 바람이 불 때마다 성큼성큼 일어섰다.

맥이 탁 풀렸다.

이런 데서 어떻게 다시 살아갈지가 막막했다.

신혼살림이었다. 결혼한 지가 십여 년쯤 됐으니 신혼이랄 건 없지만 시집와서 하나둘 장만한 세간이었다. 그 십 년이란 세월이, 어디 허투루 보낸 세월이던가.

아들 하나 낳으면 주발 한 벌 들여놓고, 딸 하나 생기면 거울 한쪽 붙이고 해 가며, 말다툼도 하고 웃음보따리도 펼쳐가며 가꾸어온 집이고 세간이었다. 그 정든 것들이 매듭 한 올 남지 않고 떠내려가다니.

집 안에 들어가지도 못하고 쪼그려 앉아있는데 부녀회장이 불렀다.

"경희 엄마? 어서 이리 쫌 와봐!"

동네 부녀회원들이 모여 무언가 상의를 하는 중이었다.

"아침은 먹여야 할 거 아녀. 굶어 죽진 말어야 할 거 아니냐고."

그러고 보니 어제 아침에 한술 뜬 거 말곤 넘어간 게 없는 거 같았다.

사람 구하고 거처 장만하고, 하는 큰일이야 남정네들이 할 것이고, 내조하는 여인네들 입장에선 당장 아침밥이 급했다.

그러나 모지랑이 숟갈 하나 없이 다 떠내려 보낸 이 마당에, 양식은 어디 있을 거며 반찬은 어디서 구한단 말인가. 의젓하게 말을 낸 부녀회장이 제 판에도 난감했던지 입을 꾹 다물었다. 공론(公論)이랍시고 중의(衆意)를 모은 것이, 공론(空論)될 판이었다.

다들 말없이 얼굴만 쳐다봤다.

뻔하잖은가. 대책이 있을 리가.

서로 얼굴만 쳐다보고 있을 때, 새댁 하나가 조심스럽게 입을 뗐다.

가게를 하는 박명호 아내 윤삼순이었다.

"혜경이네 창고에 쌀이 있긴 있었는데…."

"아하! 맞네. 그 집이라면 있을 거구먼. 어여, 가보자구!"

혜경이네라면 단양면 소재지에서 영주상회라는 쌀가게를 운영하는 김영주를 말했다.

집도 면소에 있고 가게도 거기 있었지만 영농은 시루섬에서

했다. 여유가 있는 집안이라, 너른 농토를 사들여 거기에다 과수원도 하고 뽕나무도 심고 해서, 농사일을 크게 벌여놓은 터였다. 누에치기 한철에는 인부들로 북적이다 보니 쌀 떨어질 날이 없었다.

굶어 죽으란 법은 없던지 마침 그 집 창고가 있던 자리에 쌀포대가 보였다. 흙더미 속에서 쌀 포대를 꺼내놓고 보니 이게 백미인지 적미인지 구별이 안 되었다.

그래도 쌀은 쌀 아닌가. 수저는 없어도 가마솥은 널려있었다.

눈에 띄는 대로 대충 걸고는 쌀 한 포대를 부었다.

쌀을 붓고 보니 물이 없었다. 참! 하늘도 무심하시지. 생사람 잡아먹겠다고 온천지를 물바다로 만들 땐 언제고, 산 사람 살아보겠다는데 밥 지을 물 한 바지 없다니!

그러면 그렇지! 어디 굶어 죽으란 법 있다던가.

쌀 창고 옆 한쪽에 물웅덩이가 보였다.

물에 떠다니는 티를 걷어내자 제법 맑은 물이 보였다. 할머니가 어린 손자 볼 쓰다듬듯 살살 떴다. 물이 가라앉았다고는 하지만 흙물이었다. 그래도 그게 어딘가. 가마솥에 물이 찰랑거리자 아궁이에 불을 넣어야 했다.

그런데 이건 또 어쩌고? 물이고 불이고 뭐 하나 남아난 게 있어야지! 물이야 없으면 강물이라도 퍼오면 된다지만 불, 땔감은 그게 아니었다. 이번에야말로 대책이 없었다.

발만 동동 구르고 있는데 멀리서 아낙들 쪽을 지켜보고 있던 이장수가 소리를 질렀다.

"뭣들 혀! 다 넘어가는 집 아낄 게 뭐여. 우리 집 서까랠 뜯어와!"

"동구 넌, 배가 어딨는지 석유지름 찾아오고."

이장수네 집 서까래에 석유를 들이붓고 나서야 밥솥에 불이 올랐다.

여자들이 가마솥 주변에서 불 짐을 쬐고 있을 때, 물웅덩이를 들여다보는 여자가 있었다. 쌀이 있는 곳을 알려준 윤삼순이었다. 아무래도 꺼림칙하다 싶어 살펴보는 중이었다.

그런데 웬걸 재래식 화장실 자리가 아닌가. 변기통에 들어있던 변은 다 쓸려가고 거기에 강물이 고여 있는 것이다. 밥은 해야겠고 물은 없고 하다 보니 급한 김에 떠오긴 떠왔는데 변기 물이라니.

한참을 들여다보던 그녀가 다른 사람들 보지 않게 거적때기로 슬며시 덮었다.

그리곤 자신의 집터, 그러니까 가게 하던 곳을 찾았다.

땅거죽이 이리 뒤틀리고 저리 뒤틀리고 해서 어디가 어딘지 통 짐작해낼 수가 없었다. 그래도 내 살던 곳이라고 찾아내기는 했다.

주초가 놓였던 자리. 그녀가 작대기로 바닥을 긁었다.

다른 건 몰라도 외상장부라도 건졌으면 해서였다.

농촌이다 보니, 현금을 들고 와서 물건 가지고 가는 사람은 드물었다. 돈 생기면 갚고, 영 쪼들린다 싶으면 내년으로 무르고. 그것도 어려우면 품으로 때웠다. 겨우 한글 정도 뗀 실력으로 몽당연필에 침을 발라가며 적어놓은 치부책이었다.

한참을 더듬거리던 그녀가 작대기를 딱, 부러뜨리더니 냅다 집어 던졌다. 있을 리도 없고, 있어 봤댔자 흙물에 튀겨 알아먹지도 못할 거! 돌아 나오려던 그녀가 다시 돌아섰다.

우멍 팬 곳이 보였다. 두멍이 있던 자리였다. 시루섬 여자들은 집에다 두멍 한두 개는 갖고 있었다. 개인 우물은 배 바닥 뚫어진다 해서 아예 파질 못했다. 강물을 길어다 먹었다. 쌀독에 쌀이 떨어지면 떨어졌지 두멍에 물 떨어진 적은 없었다.

이삿짐은커녕 몸 하나 빼 오기도 급박했던 때라 먹고는 살아야겠다는 생각에, 찬장에 있던 반찬을 두멍에다 넣고 왔었다.

보이지 않던 윤삼순이 나타나자 부지깽이를 토닥이던 여자가 물었다.

"새댁은 어딜 갔다 와? 집도 절도 없는 판에."

"집은 없어두 간장통은 있데유."

"머여? 증말! 어라… 증말이네."

그녀가 간장통을 내밀자 다들 믿기지 않는다는 표정이었다.

조금 있자 머리에 조그만 단지 하나를 이고 오는 여자가 있었다.

"혜선 엄마는 또 어디 갔다 오는 겨? 머리에 인 건 머고?"

고추장 단지였다. 어찌나 다급했던지 몸만 빠져나온 이몽구네 였다.

나라 물건 없애면 벌 받는다고 남편 이몽구가 전화기를 빼 들 자, 그 아내 조옥녀가, 나도 다른 건 다 버려도 이거 하나만은 가 져가겠다고 들고 나선 게, 시집올 때 가지고 온 고추장 단지였다.

이장수네 집에 뒀었는데 신기하게도 다른 건 다 떠내려갔는데 단지만은 멀쩡했다. 위에 떠 있는 갱물을 걷어내고 보니 고추장 이 깨끗했다.

밥이 익었다.

빨겠다. 빨간 밥에 빨간 고추장을 털어 넣은 다음 간장을 썩 썩 비벼 말았다.

누군가 뽕잎을 따왔다.

뽕잎 위에다 빨간 밥 한 덩이를 올렸다.

뽕잎 주먹밥을 해 든 사람들이 콧물부터 흘렸다.

아무리 먹자 해도 목이 메었다.

"성님? 내 것까지 드시유."

"나도… 못 먹겠네. 넘어가지를 않어…"

나이 많은 어르신네, 남정네, 아이들까지 다 퍼주고 난 맨 마지막에 주먹밥을 든 유금옥이 도저히 못 먹겠던지 뽕잎을 도로 말았다. 저승사자나 들고 가시라고, 가져설랑 다시는 이 시루섬 근처에는 얼씬도 마시라고, 슬그머니 돌멩이 위에 올려놓았다.

　목메는 사람들이 어디 이들뿐이랴!

　품 안에서 갓 백일 지난 어린 자식을 잃어버리질 않았나. 원두막이 무너지는 바람에 한 가족이 몽땅 물에 떠내려가기도 했고. 어쩌자고 물귀신은 어린애들만 그리 잡아갔는지… 천 리 먼 타향에 와서, 믿고 지내던 남편까지 떠나보낸 그 맘은 또 어찌할 거며.

　곁에서 지켜보는 이, 가슴 에이지 않을 사람 누가 있을 것인가.

　죽은 사람 죽었다 쳐도 산 사람은 살아야 한다고 해도, 뽕나무 몇 그루 남은 터전에서 무얼 가지고 기약하겠는가.

　차라리 흙밥이길 다행이지. 흙밥이라서 목이 메는 거라고… 흙밥이라서 넘어가질 않는다고. 사람들은 그렇게 밥 한 덩어리를 쥐고 울먹였다.

　주먹밥 한 덩이를 들고 울고 있을 때, 헬기가 왔다.

　어떻게 보고가 닿았는지 구조헬기가 온 것이다.

　사람들이 헬기에 올랐다. 맨발에 맨 손이었다. 후줄근한 옷

한 벌, 그게 가진 것의 전부였다. 헬기가 이재민 임시 수용소를 향해 막 이륙을 하려는데 누군가 소리쳤다.

"소다! 소여!"

그가 가리키는 곳에 정말 소가 있었다. 어지간히 지쳤던지 아직도 헤어나지 못하고 강물 한가운데를 헤매고 있었다. 사람들을 놀라게 한 건 소도 소였지만 소 등에 개 한 마리와 닭 서너 마리가 타고 있었다.

"소가 영물은 영물이네. 개랑 달구랑, 그래두 지 식구라고 등에다 태운 걸 봐."

주인에게 인사라도 하는지 소가 헬기를 쳐다보고 있었다.

병오네 엇부루기였다.

이장수가 물탱크를 쳐다봤다. 그렇게 야무진 그의 눈가에도 눈물이 묻어났다. 멀어지는 시루섬을 향해 그가 마음속으로 뇌었다. 그래, 다시 오마. 와서는, 두통거리라고 다시는 괄시하지 않으마.

한 점으로 멀어지는 섬이 '음매!' 하고 달려올 것만 같았다. *